울 어 도 괜 찮 아

울어도 괜찮아

1판 1쇄 발행	2024년 9월 20일
지은이	김종걸
발행인	이선우
발행처	도서출판 선우미디어

등록 | 1997. 8. 7 제305-2014-000020
02643 서울시 동대문구 장한로 12길 40, 101동 203호
☎ 2272-3351, 3352 팩스: 2272-5540
sunwoome@daum.net   greenessay20@naver.com
Printed in Korea ⓒ 2024. 김종걸

값 15,000원

화성시문화재단

※ 본 도서는 화성시, 화성시문화재단의 '2024 화성예술 활동지원' 사업으로 출판되었습니다.

ISBN 978-89-5658-768-4 03810

현장 경찰 34년, 감동의 라이프스토리
화성시문화재단 선정작

울어도 괜찮아

김종걸 수필집

선우sunwoomedia
미디어

작가의 말

해 질 무렵 들녘을 바라봅니다. 가을날의 잔광이 쓸쓸하면서도 고요합니다. 죽은 듯 살아서 숨을 쉬는 텅 빈 들녘, 숱한 생명을 먹여 살리던 노역의 시간을 내려놓은 대지의 고요한 안식이 참 평화롭기 그지없습니다.

비움으로 깊어지는 빈 들에 서면, 조금은 자제하고 돌아보아야 할 것 같은 분위기에 숙연해지는 기억들이 주마등처럼 스쳐 지나갑니다. 추억이란 이름으로 간직된 기억의 한 단면과, 가슴에 맺힌 옹이와 연민 등 그동안 살아온 흔적들입니다.

이 모든 것이 개인의 산물에 지나지 않은 것들이기에 처음 책으로 엮는다는 일이 더 많이 조심스럽고 부끄러웠지만, 원고를 정리하면서 행복했습니다. 많은 얼굴이 지나갔고 아득하고 깊었던 시간에 대해서도 생각했습니다. 어머니와 아버지 이야기를 써놓은 원고를 정리하면서 울었습니다. 아직 다하지 못한 슬픔이 남아 있었던 모양입니다.

유한의 운명을 타고난 인간에게 유일한 것이 있다면 삶과 인생을 기록하는 일입니다. 물론 저도 생활인으로 보통의 삶을 살아왔습니다. 하지만 몸소 겪은 체험을 통하여 그 의미의 발견과 나의 삶, 나의 인생에 대한 자각(自覺)은 그 어떤 일보다 소중했습니다. 누군가는 평생을 잘 다듬어진 글 한 편처럼 살고 싶다고 합니다. 저도 글 한 편처럼 살고 싶었습니다. 그러나 사는 것이 매양 수채화처럼 맑고 투명하다면 얼마나 좋을까요.

그동안 언론사인 중부일보와 수필문학지인 그린에세이, 경기수필 등에 발표했던 작품들을 한자리로 불러들여 출간을 준비했습니다. 그 과정에서 몇 편은 새롭게 개작한 작품도 있으며, 신규 작품도 포함되었음을 밝힙니다.

이 한 권의 책이 삶에 지치고 외로운 이들에게 조금이나마 위로가 되기를, 때론 잠시 머무는 쉼터가 되기를 바라지만, 이것도 과욕이라면 내려놓을 것입니다. 특히 모든 이에게 좋은 의미로 남기를 희망하지만, 현실에 맞지 않는다면 이마저도 내려놓을 것입니다.

사소한 일상을 새삼 소중하게 느낄 수 있도록 책 발간에 큰 지원을 해주신 화성시문화재단과 표4에 축하글을 쓰신 권남희 한국문인협회 수필분과 회장님, 출간에 많은 도움을 주신 선우미디어 이선우 대표님께 깊은 감사의 말씀을 드립니다.

2024년 9월

김종걸

차례

1 — 안개비 내리는 날

오늘도 창밖에는 안개비가 내린다.

대부분 잠들어 있을 새벽 5시,

갑자기 조용한 사무실에 전화벨이 울렸다.

누가 자기 자식을 죽였다는 살인사건 신고였다.

일단 무전으로

경찰서에 보고하면서 사건 현장으로 달려갔다.

그런데 신고 출동은 살인사건이 아니라

강아지 교통사고였다.

-본문 중에서

또 다른 동행

꽃샘바람이 매몰차다. 세찬 바람이 꽃대를 흔들어댄다. 나무는 바람에 의해 뿌리로부터 수분을 공급받는다. 그래서 튼실한 줄기로 자라며, 새 길을 찾듯 새 가지를 뻗는 것이다. 내 시선은 유독 흔들리며 피는 꽃들에게 오래 머물곤 했다. 꽃대와 줄기가 가냘플수록 꽃은 더 아름답지 않던가.

방황하는 청소년은 마치 꽃샘추위에 웅크린 꽃망울 같다. 꽃샘바람처럼 그들의 순간적 방황 중에 자살 충동은 위험하다. 다른 문제는 발생해도 어느 정도 개선의 기회가 있지만, 자살의 경우는 다르다. 어떠한 행동보다 그 심각성이 크고 부정적인 결과를 가져온다. 죽음으로 이어져 모든 것이 한순간 끝나기 때문이다. 그래서 자살은 초기에 예방하고, 따스한 햇볕 같은 정성이 필요하다. 흔들림 속에서도 꽃대를 뻗치듯, 어려움 속에서도 바른 가치관을 지니고 성장할 수 있도록 관심을 지속해서 쏟아야 한다.

며칠 전, 야간 순찰 근무중이었다. 한적한 대합실에 청소년 두 명이 종이봉투를 옆에 놓고 의자에 앉아서 담배를 피우고 있었다. 그들은 나를 발견하고는 피우던 담배를 그대로 바닥에 내던지고 외면했다. 그들 앞에 섰는데, 내 눈길이 종이봉투에 싸인 번개탄에 멈췄다.

"뭐요, 왜 쳐다보는 거예요?"

묻기도 전에, 그들이 나를 보며 반항하듯 말했다. 그들은 번개탄을 슬쩍 뒤로 숨겼다. 순간, 엊그제 차 안에서 번개탄을 피워놓고 자살한 사건이 머리를 스쳤다. 목숨보다 더 소중한 것이 어디 있다고, 번개탄을 소지하다니? 아찔했다. 그들이 자살할지도 모른다는 생각이 드니까, 내가 더 당황스러웠다.

우선 그들을 데리고 편의점 앞으로 자리를 옮겼다. 음료수를 권했더니 그들은 어색해했다. 정복을 입은 경찰관이 그다지 친근하지는 않았으리라. 하지만 부드러운 어투로 내가 먼저 제의했다. 지금 터미널에서 출발하는 버스가 없으니, 순찰차로 집까지 안전하게 편의를 제공하겠다고. 그들은 단숨에 거절하였다. 그러고는 입을 다문 채 아무런 말도 하지 않았다. 그들에게 이런저런 이야기를 하면서 다소 여유를 찾았다. 잠시 후, 내가 그들이 소지하고 있던 번개탄을 꺼내 들고 보이면서 엊그제 자살 사건의 사례를 진솔하게 설명하였다. 결국 내 관심의 끈이 닿았는지. 요지부동의 그들이 진심 어린 눈으로 나를 바라보기 시작했다. 이제껏 살아오면서 단

한 번도 누구와 따뜻하게 이야기해 본 적이 없었다면서 말문을 열었다. 그들의 외로움이 짙게 깔린 눈빛은 금방 내게도 전해졌다.

그들은 우연히 채팅하다가 대화방에서 자살할 것을 결심했다고 고백했다. 충분히 그들의 얘기를 들어주면서 내가 직설적으로 질문을 던졌다. "너희들이 정말 죽을 용기가 있다면 살지 못할 이유도 없지 않은가 언제든지 마음만 독하게 먹으면 무슨 일이든지 할 수 있다."라고 나도 모르는 순간에 열변을 토하고 있었다.

그들은 자신들이 죽을 수밖에 없는 환경을 설명하였다. 한 명은 부모님이 이혼했단다. 새로 들어온 계모는 늘 핀잔과 구박뿐이었다며 속내를 털어놓았다. 또 한 명은 엄마가 세 살 때 돌아가셨으므로, 엄마 찾아 하늘나라에 가고 싶다고 울먹였다. 그들은 서로 같은 처지를 비관하다가 마음이 통했단다. 자살을 결심한 후 약국을 돌아다니며 수면제를 구입했고, 이웃 마을 상점에서 번개탄을 샀다며 자초지종을 말했다. 어차피 누구에게도 인정받지 못하고 바보처럼 산다면 죽는 것이 훨씬 편할 것 같아 결심했단다. 그것을 실행하기 위하여 오늘 만났다고.

그들이 살아온 이야기를 공감하면서 들어주었더니, 한 시간이 훌쩍 지났다. 나도 고개를 끄덕이고 응수하며, 대견스러운 표정으로 감탄사를 연발하기도 했다. 그들은 늘 잠드는 것이 힘겨웠고 눈을 뜨면 가장 먼저 어떻게 죽을지를 생각했단다. 때론 학교에서 상담받았지만 거의 '숨 쉬는 송장'이었다고 끝나지 않을 듯 얘기를 이어갔다. 그들과 대화를 나누면서 때때로 말문이 막힐 수밖에 없었다. 나 역시 목젖까지 타오르는 사랑의 목마름을 느꼈으니까.

그 순간, 거실에 있는 가족사진이 떠올랐다. 스쳐 가는 가족들의 눈빛이 나만을 주시하는 것 같았다. 과연 우리 가족들은 하고 싶은 말들을 얼마나 하며 살고 있는가. 한 이불 밑에 발을 포개고 오순도순 정담을 나누었던 그 옛날처럼 정답게 대화를 나누며 사는 가족들은 또 얼마나 될까. 현대인의 소외감과 더불어 이런저런 이유로 대화에 목말라 있는 내 슬픈 자화상도 가족사진 위에 겹쳐졌다. 입버릇처럼 바쁘다는 핑계를 자주 한 내가 아닌가. 부끄러웠다. 아들 같은 연령의 순진한 그들 앞에서 내 책임감이 더욱 막중하게 느껴진다.

생명의 소중함과 자살해서는 절대 안 되는 이유에 대하여 무슨 말로 어떻게 설득할지 막막했다. 하지만 더욱 간절한 마음을 담아서 특별한 내 관심을 전했다. 자살 충동을 느낄 때만이 아니라, 언제든지 터놓고 얘기하고, 고민도 함께 나누며 같이 친해 보자고 간청했다. 아울러 오늘 만남에 대해서는 서로 비밀로 하며, 다시는 이런 일이 없도록 하자고. 우린 굳게 약속했다. 결국 그날은 순찰차에 동승하여 안전하게 귀가시켰다.

그런데 며칠이 지난 뒤였다. 그 학생의 아버지한테서 전화가 왔다. 아들이 죽겠다고 집을 나갔는데, 아들의 일기장에 경찰관님과 대화했던 내용과 전화번호가 있어서 연락했단다.

난감했다. 어떻게 하면 좋겠냐며 당황한 목소리로 다급하게 도움을 요청했다. 가슴이 철렁 내려앉았다. 하지만 침착하게 지난번 학생들과 대화했던 내용을 메모해 놓았던 내 수첩을 보았다. 그들이 자주 가는 곳이 S 공원 후문 쪽으로 적혀 있었다. 공원을 수색하다가 주차장 끝에서 차량을 발견했다. 차 안에는 번개탄 연기에 취해있는 그들이 보였다. 즉시 차의 앞문을 개방하고 119를 불러 병원으로 후송하였다. 병실 밖에서 깨어나기를 간절하게 기도했다. 결코 피지 못한 꽃망울이 되어 떨어지지 않기를.

잠시 후에 치료를 담당하던 의사가 나왔다. 조금만 지체했더라면 위독했을 거라고 했다. 다행히 신속하게 응급조치가 이루어져 생명에는 지장이 없다고 하였다. 그들에게 다가가서 살며시 손을 잡았다.

"힘들지, 금방 회복될 거야. 우리 함께하기로 약속했잖니?"

그들은 고개를 끄덕였다. 나 역시 콧등이 찡함을 느꼈지만 어쩔 수 없이 참아야 했다. 다시 한번 손을 꼭 잡으며, 무언의 약속을 했다. 우린 순간적 만남이 아니라, 새로운 인연의 시작임을 서로 느낀 것이다. 우린 서로 다른 처지였지만. 가슴으로 통하는 진정한 마음으로 동행하리라. 그때, 나의 마음은 직업보다도 자식을 키우는 부모의 입장이 더욱 공감되었으니까.

어느 날 퇴근 무렵이었다. 그들이 나를 찾아왔다. 약간 떨리는 음성이었다. 나에게 생명의 은인이라는 말까지 전하면서 고개를 숙였다. 깊은 의미의 눈짓을 보내며 밝은 모습으로 인사했다. 갑자기 쑥스러웠다. 하지만, 어른으로서 체면을 지켜야 했기에, 그냥 한 사람씩 안아주었다. 왠지 친숙한 사이가 된 듯, 그들은 그동안 마음에 쌓여있던 말들을 실타래 풀듯이 술술 풀어 놓았다. 깊은 반성과 새로운 설계의 꿈까지 얘기했다. 마침내 눈물 흘리는 모습을 보니, 나까지 울컥했다. 참고 싶지 않은 남자들의 눈물인가. 우린 함께 부둥켜안고 어깨를 들먹거렸다.

삶의 무게는 저마다 힘겹더라도, 관심을 갖고 서로를 이해할 수 있을 때, 비로소 반감될 것이다. 이제부터 그들의 솟구치는 현실적 반항과 불만을 부딪치지 말아야 하겠다. 그들을 먼저 인정하고 이해하리라. 힘들 때 더 따스한 관심으로 감싸주면서 함께하리라. 설령, 서로 추구하며 가는 길이 다를지라도.

드디어 꽃망울을 터뜨린 꽃들의 환희를 본다. 꽃샘추위를 당당히 이겨낸 듯하다. 저마다의 진통을 이겨낸 성취감이다. 제아무리 세찬 꽃샘바람도 개화기를 한 치 늦출 수 있겠는가. 저 꽃들 또한 흔들리면서 줄기를 곧게 세웠으리라. 누군가의 따스한 관심으로.

(2014년 제17회 공무원문예대전 수필부문 우수작,
행정안전부 장관상 수상)

어머니의 칭찬

사무실 위치가 산 아래라서 가끔 문을 열고 밖으로 나간다. 연녹색에 취해 꽃 빛으로 물들어 가는 노을을 본다. 해 질 녘, 잠시 노역의 시간을 내려놓은 듯, 산 아래는 고요한 안식과 함께 노을의 잔광이 쓸쓸하면서도 평화롭기 그지없다. 하지만 어둠이 짙어 갈 때쯤엔 멀리 보이는 산꼭대기의 저녁노을이 사라지면 아슴아슴 어린 시절이 다가오기도 한다.

어린 시절을 회상(回想)하다 보면 그때마다 어머니 생각은 더 간절하다. 늘 동구 밖에서 학교 갔다 돌아오는 아들을 기다리던 생시의 고운 얼굴이 절절히 그리워진다. 어느 해 학교에서, 글짓기 대회가 있었다. 그런데 그 흔한 장려상조차 받지 못 했다. 하지만 어머니께서는 내 글이 최고로 잘 쓴 글이라며 칭찬을 아끼지 않았다. 그 칭찬이 밑거름되어 지금도 책을 읽고, 글을 쓰는 것을 게을리하지 않는다.

저자의 어머니

학교에서 공부를 잘하면 선생님들께 귀여움을 받는다. 그런데 나는 이상하게도 그렇지 못했다. 고분고분하거나 순종적이지 않아서 그랬는지 모른다.

그때 나는 어렸지만, 세상은 그 사람의 진심, 그 사람의 노력, 그 사람의 이상(理想)으로 사람을 평가하는 게 아니라는 사실도 알았다. 세상은 나 같은 사람에게 별로 우호적이지 않는다는 느낌, 세상의 주류에 속하지 않았다는 자각은 새로운 의지를 불러일으켰다. 그렇게 늘 현실은 비판적 시각을 내게 심어주었다.

그런데도 지금까지 잘 성장할 수 있었던 것은 어머니의 남다른 교육관 덕분이었다. 나의 어머니는 자식 중에 누구도 차별하지 않고 동등하게 키우셨다. 어머니는 정말 신기할 정도로 의식이 앞서간 분이셨다. 나는 어머니에게 자식이기 전에 한 인간으로서 존중받았다. '존중받으며 자란 사람이 남을 존중할 줄도 아는 법이지 않은가.' 육십여 년 넘게 살아왔던 내 생각의 밑천은 모두 어머니께서 마련해 주신 것이다. 그 밑천을 바탕으로 지연과 학연, 편견과 억압의 답답한 틀 속에서 괴로워하는 사람에게 조금이라도 보탬이 될 수 있는 행동을 하려고 노력했다.

어머니께서는 내가 경찰관으로 임용되어 인사를 하러 갔던 첫날부터 살아계실 때까지 늘 두 손을 꼭 잡으면서 말씀하셨다.

"힘없다고, 돈 없다고, 인맥 없다고 이 사회에서 살아가기가 힘들다면야 세상에 공권력이 무슨 소용이 있겠느냐. 항상 약자 편에서 일해야 한다."라는 어머니의 간절한 당부에 따라 나는 늘 약자의 편에 서서 모든 일을 처리하곤 했다.

경찰관으로 34년 근무를 무사히 마치고 이곳 화성에서 비로소 영혼의 닻을 내렸다. 그동안 살아온 인생을 오롯이 글 속에 담아내려고 정착했다. 특히 문학과 생활이 서로를 아우르며 삶과 예술이란 총체에 더 가깝게 접근할 수 있었으면, 좋겠다는 생각으로 하루하루를 살아내고 있다.

어린 시절의 정서를 회상(回想)하며 산으로 들로 쏘다녔고, 밤이면 책을 찾아 읽었다. 늘 책을 벗 삼고, 땅에서 아래로 향하는 마음을 배웠다. 마음은 외롭고 가난하지만, 책을 보면서 가끔 지나온 시간을 그리워했다. 상추며 호박이며 각종 채소로 정갈하게 차려진 밥상을 받으면서 생의 의미와 어머니에 대한 정애(情愛)를 새로이 깨닫곤 한다.

세월이 흘렀다. 문단의 새내기가 되어 무엇인가 쓰지 않고는 견딜 수 없는 절실한 정신적 갈증을 풀기 위해 삶에 의미와 본질에 대한 사유를 탁본하듯 성심을 다해 몰입하고 있다. 글에 대한 높낮이를 겨루어 보고자 하는 상이나 명예도 탐해보지 않았다. 오로지 쓰는 작업만을 통해 마음을 비워 냈다. 그렇게 하다 보니 정직하게 흘려보낸 눈물 어린 언어들이 모여 가슴 차오르는 글이 되었다. 누가 글을 읽어주면 고마웠고, 읽어주지 않으면 혼자서 지어낸 독백이었거니, 텅 빈 사무실에서 혼자 벌인 지성의 축제이었거니 여긴다. 긴 인생에서 단순한 감각에 따라 일어나는 감정표현일 뿐이라고 생각하면서도 늘 어머니를 그리워한다.

최근 화성문화재단에서 2024 화성 예술 활동 지원 문학 분야에 선정되었다는 소식을 받았다. 또 한 번 때를 얻은 셈이다. 옛말에 '때를 얻음에 조용히 하고, 잃음에 있어선 편히 머물라' 했지만, 자꾸만 눈앞이 흐려진다. 오랜 유랑을 끝내고 귀향의 강가에 서 있는 듯한 감회가 일시에 밀려온다.

수필작가가 되겠다는 희망을 품지도 않은 나에게 글 잘 쓴다는 칭찬을 아끼지 않았던 어머니에 대한 고마움이 가슴속 깊은 곳까지 차오른다. 그 감정을 다독거려 볼 요량으로 연녹색으로 출렁이는 앞산을 바라본다.

(미담플러스 2024. 4. 29.)

안개비 내리는 날

이곳 나의 근무지는 바닷가여서 안개비가 유독 많이 내린다.

냉기가 뼈까지 파고드는 겨울밤, 근무중이다. 이런 날 애주가들은 술을 많이 마신다. 그래서 취객의 난동으로 접수되는 크고 작은 사건이 유독 많다.

오늘도 창밖에는 안개비가 내린다. 대부분 잠들어 있을 새벽 5시, 갑자기 조용한 사무실에 전화벨이 울렸다. 누가 자기 자식을 죽였다는 살인사건 신고였다.

일단 무전으로 경찰서에 보고하면서 사건 현장으로 달려갔다. 그런데 신고 출동은 살인사건이 아니라 강아지 교통사고였다. 도착한 현장에는 한 중년 여자가 하늘에 닿을 듯 통곡을 하고 있었다. 자식이 죽었다면서 피범벅이 된 강아지를 끌어안고 오열하는 게 아닌가. 얼마나 슬프면 눈물 콧물이 수도꼭지 같을까. 그 여인의 슬픔 앞에 차마 웃음은 보일 수 없어 침통하게 서 있었지만, 그런 여인을 바라보면서 황당하고 어이가 없었다. 입속으로만 '이런, 이런~' 하면서 혀를 끌끌 찰 뿐 말할 수는 없었다. '남편이 죽었어도 저렇듯 심하게 슬퍼할까?' 솔직히 그 여인에 대한 나의 시선은 약간의 분노마저 섞여 있었다. 먼발치에서 한 남자가 나에게로 다가오면서 하는 말이

"경찰관님 제가 교통사고를 냈습니다. 갑자기 강아지가 자동차로 뛰어들어서 어쩔 수 없었는데, 사고 후에 강아지 주인인 저 여인한테 심하게 봉변당했습니다."

강아지 주인은 자식 같은 반려견을 잃었으니, 살인사건으로 신고할 수밖에 없었다며 항변하였고, 차량 운전자는 단순 교통사고를 살인사건이 난 것처럼 호들갑을 떤다며 억울해하고 있었다. 하지만 운전자의 음주 운전으로 인하여 사고가 발생했기에 중년여인은 더 분노하고 있었다.

그 후, 교통사고 합의금을 요구하는 여자의 청구서를 보니 더 가관이었다.

반려견에 고급 수의를 입히고 목관에 정중히 입관시키는 절차를 진행하는 장례지도사까지 붙여달라는데 강아지 장례비용까지 꽤 많은 금액이었다.

인생이 끝난 듯 주저앉아 통곡하던 중년 여인의 울음소리보다, 오히려 개 한 마리 하늘로 보내는 장례비 청구서에 더 기가 막혔다. 내가 꼰대라서 그런가? 양지바른 산 밑에 묻어주자는 그 여인

남편의 말조차 묵살하고 거액을 청구하는 그 여인이 못마땅한 건 나의 편협한 생각일까.

요즘은 반려견의 유치원도 생겨나고 그에 따른 가방이며 옷들도 메이커 따라 개 주인의 자존심과 비례한다고 한다. 강아지 향수 한 병도 십만 원이 평균이고, 그들의 유모차 가격도 아기 유모차 못지 않게 고가로 판매되고 있다고 한다. 또 전용 카페에서 고가의 간식 과 미용의 서비스를 받는 문화가 정착된 지 오래다. 1인 가구가 점 점 늘어나고, 아이를 원하지 않는 젊은이들이 많은 현실에서 애완 동물을 가족의 일원으로 생각하는 걸 뭐라고 말할 생각은 추호도 없다. 다만 집집이 아기 울음소리가 들리던 그런 세상을 꿈꾸는 나 는 요즘 젊은 세대들이 말하는 꼰대이기도 하다.

반려견을 키우는 가정이 늘면서 교통사고도 잦다. 그런데 반려 견과 산책할 때는 반드시 목줄을 착용해야 한다. 그것이 자식처럼 소중한 반려견의 안전을 지키는 길이다. 집에만 갇혀 있다가 밖에 나온 강아지는 공이 어느 방향으로 튈지 모르듯 어디로 뛰어갈지 예측하기가 어렵다.

드디어 긴긴 밤샘 근무가 끝나간다. 새벽부터 안개비가 내리더 니 경찰관 본연의 초점이 흐려지는 시선이다. 뜻밖의 신고에 시달 려서인가, 하늘이 노랗다. 아직도 그 여자의 처절한 울음소리가 바 람과 함께 들려오는 것만 같아 착잡하기 이를 데 없다.

여전히 안개비가 내리고 있다.

조용한 아이

가끔 그 아이가 생각난다. 시간이 지났는데도 점점 더 그리워진다. 기억 저편 언덕 너머로 아득해진 그 아이를 만날 수 있을까? 오늘 그가 ○○대학 경찰행정학과에 입학했다는 소식에 기쁨과 보람을 느꼈다.

8년 전, 복잡했던 그 사건을 떠올리며 당시 그 아이와 함께했던 학교 앞 언덕에 올랐다.

저녁노을이 뉘엿뉘엿 힘없이 기울던 어느 날, 초등학생과 담임선생님이 찾아왔다. 학교에서 학폭이 일어나면 112로 신고하게 되어 있고 경찰관이 출동한다. 그런데 그날은 선생님이 직접 학생을 데리고 온 것이다.

그 학생은 늘 학교 앞 언덕 의자에 홀로 앉아 있던 아이였다. 선생님은 아이가 친구들과 어울리지 못하지만, 그보다 더 큰 걱정은 다른 반 아이들을 무참하게 때린다는 것이었다. 담임선생님도 한

때 싸움을 자주 하여 부모님 속을 썩였고, 학교 졸업도 힘겹게 한 과거가 있었기에 아이를 이해해 보려고 아이 부모에게는 아직 연락하지 않았단다. 하지만 피해자의 부모는 선생님이 책임지고 아이를 형사 처벌하고 전학 조치하라고 난리를 피운단다. 어떻게 해야 할지 몰라서 나를 찾아온 것이었다.

어찌 이렇듯 어린 학생을 처벌해야 한단 말인가. 처벌만이 능사가 아닌데. 일단 아이를 따로 불러 언덕을 오르면서 학교에서 무슨 일이 있었냐고 물었다. 아이는 무조건 학교 가기 싫다고 했다. 아무 이유가 없고 그냥 싫단다. "왜? 학교 가기가 싫은데?"라는 물음에 학교엔 놀아줄 친구도 없고, 공부하는 것 자체가 싫어 학교에 가고 싶지 않다고 했다.

늘 언덕 의자에 홀로 앉아 있던 아이가 폭력성이 있다니 이해가 되지 않았다. 일단 처벌에 관한 부분은 아이의 부모님을 면담한 후 결정하기로 약속하고 귀가토록 했다. 다음 날, 또 다른 학생이 자지러지게 울면서 112에 신고를 했다. 현장 출동한 경찰관의 말에 의하면 피해자 학생들이 엄살을 피우는 것 같은 느낌이었으며 가해 학생은 무표정으로 아무 일 없었다는 듯 혼자 놀고 있었단다. 가해 학생 목소리 또한 건조했고 감정이 없어 보였단다.

즉시 아이의 부모님을 불렀다. 처음 보는 가해 학생의 아버지 역시 무표정한 얼굴이다. 그 모습을 보는 순간 스쳐 지나가는 얼굴이 있다. 바로 그 아이다. 학생을 무자비하게 때리고도 아무 일 없었다는 듯이 장난감을 가지고 놀던 그 아이. 일단 부모님을 상대로 아이의 현 상태를 세밀하게 설명한 후 집에서는 아무 일 없냐고 물었다. 아이의 부모는 한동안 아무 대답도 없이 물만 마셨다.

한참 후 아이의 부친이 할 말이 있다고 나를 밖으로 불러냈다.

사실 아들이 태어났을 때 자기 부친이 돌아가셨는데 그 이후 자신의 감정은 더 무디어졌다면서 어린 시절 주정뱅이 아버지로부터 심한 폭력을 당했고, 성인이 된 후 한동안 아버지와 연락을 끊고 살았단다. 아내와 결혼 후 잠깐 아버지를 보았을 뿐 거의 왕래가 없이 지냈는데 갑자기 돌아가셨다고 한다. 그 후 아내와 갈등이 있을 때마다, 자신이 아버지에게 당한 것처럼 자기 아들을 무섭게 때렸다고 말했다. 심지어 아이가 울수록 더 매정하게 때렸단다. 아이는 점점 조용한 아이로 성장했고, 요즘 집안에서는 갈등이 전혀 없었는데, 오늘 경찰관님의 이야기를 듣고 나니 자기 모습이 아들에게서 보였다면서 집에서는 조용한 아들이 학교에 가면 폭력적으로 변한다는 사실이 믿기지 않는다면서 오히려 학교를 원망했다.

그들 부자를 일단 귀가시켰다. 학생이 떠난 후 한참 동안 고민에 빠졌다. 아이는 왜 갑자기 폭력성을 드러내다가 그 행위가 종료되면 아무런 일이 없는 것처럼 무표정한 얼굴이 되어 즉시 다른 행동으로 전환하는 걸까 궁금했다. 그동안의 상담 일지를 들춰봐도 비슷한 내용은 없다. 할 수 없이 ○○대학원 심리학과 교재를 통하여 비슷한 사례를 보고 해결점을 찾아냈다.

사람은 누구나 각자 지닌 정서가 있다. 어떤 일이 일어나려면 그 정서(情緒)가 동기(動機)가 되어 행동으로 나타난다고 한다. 조용했던 아이가 학교에 오면 갑자기 폭력성이 드러나는 경우는 아이의 가슴속에 아빠한테 당한 폭력이 남아 있어 그 정서가 동기가 되어 갑자기 폭력을 행사하는 것이란다. 아이 부친의 어린 시절에는 주정뱅이로 생활하며 폭력을 행사했던 그 아버지가 있었듯, 아이의 가슴속에는 그토록 싫어하는 폭력적인 아빠가 살고 있었다.

그동안 심리학 교재에서 찾아낸 아이에 관한 내용을 정리한 후, 학교 담임선생님과 아이의 부모님을 다시 불렀다. 현재 아이의 가슴속에는 폭력적인 아빠가 살아있으니, 그것을 치료하기 위해서는 아이의 가족은 물론 함께하는 주변의 모든 사람이 폭력적인 연결고리를 끊고 새롭게 생활해야 한다고 간절한 마음으로 설명했다. 무엇보다도 중요한 것은 아이에 대하여 복잡한 감정과 무딘 감정을 모두 꺼내버리고, 아이가 아파하면 함께 아파해 주고, 아이가 화를 내도 괜찮다고 안아주며, 아이가 울면 함께 울어줄 수 있어야 한다. 또한 아이의 모든 행동을 허용해 줄 수 있냐고 물었다.

담임선생님은 학교에서만큼은 자신이 책임지겠다고 약속했으며, 아이의 아버지는 고개를 숙이고 아무 말 없이 밖으로 나가 한참 동안 하늘을 쳐다보더니 들어와서는 꼭 그렇게 하겠다고 약속했다. 아이의 엄마는 의자에 앉은 채로 눈물을 훌쩍이면서 잘하겠다고 울먹였다. 서로 헤어질 무렵이 되자 담임선생님과 아이의 부모님은 이구동성으로 이번 일로 인하여 아이에 대해 깊이 생각하는 계기가 되었고, 정말 많은 것을 배웠다며 고마워했다. 그리고 나와 한 약속을 꼭 실천하겠다고 다짐했기에 스스로 약속한 내용을 서면으로 제출하고 귀가토록 했다.

현장 경찰관으로 34년, 긴 시간을 사람에게 부대끼며 살아왔지만, 만나는 사람마다 진정성 있는 칭찬을 아끼지 않았고, 한편으로는 목마른 갈증을 풀어주는 따뜻한 감동도 받았다. 그중에서도 깊은 애정의 눈길로 받았던 고맙다는 긍정의 말 한마디가 오늘도 내 가슴을 설레게 한다. 새순을 틔워낸 나무를 쓰다듬는 옅은 바람결처럼.

기억의 강에 머무는 것들

이곳 화성은 바닷가라서 유독 안개비가 자주 내린다. 안개가 자욱하여 시야가 백여 미터도 채 되지 않던 어느 날, 조용했던 사무실에 갑자기 전화벨이 울렸다. 어떤 남자가 편의점 안에서 피를 많이 흘린 채 쓰러져 있다는 신고였다.

신속하게 현장에 도착했으나, 가해자는 도주한 상태였고, 현장 주변에서 흉기만 발견되었다.

먼저 병원으로 후송한 피해자를 상대로 진술을 받았다. 피해자는 한사코 자신이 스스로 자해했다고 주장했지만, 현장에서 흉기(칼) 발견 사실을 알리며 계속 추궁하자 피해자는 술에 취한 여자친구가 칼로 자신의 오른 손목을 찔렀다. "하지만 가해자는 어디로 갔는지 알 수 없다."라고 한다. 일단 피해자의 전화기를 이용하여 가해자에게 연락을 취하였으나 받지 않았다. 할 수 없이 '병원으로 꼭 나왔으면 좋겠다'라는 문자를 연속해서 보냈다. 그 후 5시간의 잠복근무가 끝날 무렵 가해자는 나타났고, 병실로 유인하여 즉시 검거했다.

이 사건은 후배들에게 좋은 본보기가 되어 교육할 때마다 사례로 활용되었다. 그 내용으로는 먼저 사건 현장 도착과 동시에 각자 업무를 분담하여 피해자를 상대로 사고 경위 질문과 녹취를 병행하면서, 즉시 현장 CCTV를 분석하여 가해자를 특정했고, 현장 주변의 면밀한 탐문과 수색으로 범인이 사용한 흉기를 발견, 그것을 토대로 피해자를 끝까지 추궁한 점, 피해자의 전화를 이용하여 가해자에게 문자를 보내 병원으로 유인한 끝에 검거한 점 등이다.

당시 가해자는 검거했지만, 왠지 찜찜한 부분이 있었다. 사실 피해자인 남자가 결혼 약속을 하고 나서도 뻔뻔스럽게 다른 여자를 탐내다 발생한 사건이라서 마음은 몹시 불편했다. 공교롭게도 피해자가 사기 사건으로 수배가 걸려있는 상태였기에 사건을 병합하여 보냈다.

그 사건이 끝나고 몇 달이 지난 어느 날, 한 여성이 음료수를 들고 나를 찾아왔다. 처음엔 누구인지 몰라서 당황했지만, 자초지종을 듣고 보니 이 사건에서 가해자였다. 그녀는 화장을 짙게 했으며 머리를 짧게 해서 몰라봤다는 나의 말에 오히려 자기도 내가 몰라볼 것이라고는 생각하지 못해서 당황했다면서 그 사건 처리 시에 정말 고마워서 찾아왔단다.

현장 경찰을 하다 보면 가해자가 찾아와서 감사 인사를 하는 사례는 극히 드물다. 그 사건에 대하여 내가 오히려 미안하다고 했더니, 그녀는 짧은 시간에 그 남자가 자신을 배신한 내용과 자신이 어쩔 수 없이 가해할 수밖에 없었다는 점을 조목조목 섬세하게 기록한 수사 내용을, 법원을 통하여 열람했다면서 자신이 읽어봐도 현장감 있고 신선한 내용이었다면서 진정으로 고마워했다. 특히 자신이 잘 모르는 남자의 또 다른 면을 신랄하면서도 세밀하게 적시한 수사보고서에 감동했다면서, 그 내용으로 인하여 자신의 사건이 쉽게 해결되었다고 고마움의 인사를 하러 왔단다.

현장 경찰의 순간들은 늘 바쁘다. 바쁘게 생활하는 가운데에서도 기억의 강에 머무는 것들은 어느 땐 즐겁게, 때로는 아쉽게 흐른다. 사라짐은 언제나 아쉬움을 낳는다지만 그래도 그녀는 내 기억의 강에 아직도 머무르고 있다.

이름 없는 편지

몸은 가볍고 마음도 편안하다. 어느 땐 한가해진 일상이 무료하다는 생각이 들 때도 있지만, 일어나지 말아야 할 일도 일어나고, 전혀 관련 없다고 생각했던 일도 믿기지 않게 하나 둘씩 생겨난다. 엊그제 실종 사건을 처리하다가 불현듯 이름 없는 편지가 떠올랐다.

새벽에 아내가 실종되었다는 신고가 접수되었다. 한달음에 현장에 도착해 보니 신고한 남편은 현장에 나타나지도 않고 전화로 아내의 위치 확인만 요구했다. 주변인을 상대로 실종자를 확인해 보니 그는 착한 인성을 가진 여인으로 집을 나갈 이유는 전혀 없고, 뭔가 잘못된 신고 같다는 반응이었다.

신속하게 위치 확인이 되었다. 남편에게 알릴지 망설이다가 먼저 아내를 만났다. 아내는 늘 가정에 성실했으며, 남편의 직장생활에 불편함이 없도록 최선을 다했단다. 최근에는 친인척 행사에도 불평불만 없이 참석했단다. 그렇지만 남편은 아내가 힘들다고 보내는 신호는 모두 외면했단다.

아내의 옷은 단 한 벌로 낡고 해질 때까지 입고 또 입었는데도 의상에도 전혀 관심이 없었고, 오로지 남편 자신을 위해서만 물 쓰듯이 돈을 썼다고 한다. 심지어 아내의 말은 단 한 번도 귀 기울인 적 없고, 아내가 아프다고 해도 왜 나한테 아프다고 말하냐면서 버럭 화를 내는 일도 많았단다.

그녀는 하소연하면서도 긴 한숨과 함께 설움의 눈물을 흘렸다. 자신을 그림자처럼 생각하는 남편 곁에는 더 있을 엄두가 나지 않아 오래전부터 집을 나올 준비를 하고 있었다고 했다. 그러면서 다시는 자신을 찾지 말아 달라고 애원했다.

정말 기가 막힌 사연이었다. 즉시 남편에게 부인은 지금 안전한 곳에서 잘 있으니 염려 말라고 통보한 후 신고 사건을 마무리했다.

두 달이 지난 어느 날, 실종 사건을 접수했던 그 남편이 찾아왔다. 먼저 남편에게 지금은 어떻게 지내냐고 묻자, 갑자기 울먹이면서 '아내에게 죽을죄를 지었습니다.'라며 고개를 떨구었다. 자초지종을 들어보니 그동안 살면서 아내에 대하여 어느 한 가지도 중요하게 생각하지 않았고, 오히려 귀찮은 존재로만 여겼다면서, 차마 뭐라고 말도 못 하겠다고 울먹였다. 조용히 자신을 위해 헌신했던 아내를 함부로 대한 것을 정말 후회한다며 이제사 아내가 소중한 존재라는 사실을 느꼈다면서 신세를 한탄했다.

이런 말을 듣고 있는 경찰 책임자인 나로서는 무슨 말을 해야 할지 참 난감했다. 양쪽 부부의 눈물을 다 본 뒤라 뭐라고 한마디 해야 하는데 떠오르지 않았다. 할 수 없이 우리 사무실 근무 팀을 소개했다.

우리 근무 팀은 각 조로 형성되었으며, 한 조에 2명씩 배치되어 사건을 접수 처리하는데, 이들은 모든 것을 공유하며 각자의 영역을 존중하고, 서로 배려하며 아픔도 함께 나누고 신뢰를 쌓는다. 그렇게 해야만 사건을 쉽게 해결할 수 있다고 설명하면서, 부부관계도 이들처럼 서로 배려와 신뢰로 존중해야 건강한 부부가 될 수 있다는 말을 해주었다. 묵묵히 내 말을 듣던 그는 후회하는 눈빛이 역력했으며, 한참 동안 울먹이더니 사무실을 나갔다.

봄을 기다리던 어느 날, 사무실에 보낸 사람의 이름 없는 편지가 왔다. 개봉해 보니 삼 년 전, 실종 신고됐던 아내가 보낸 편지였다. 당시 그 사건의 남편은 아내의 친정집으로 달려와 죽을죄를 지었다며 가족에게 용서를 빌었고, 아내의 뜻에 따라 종교에 귀의하여 영세 후 혼인 성사를 받았다는 한 장의 사진과 함께 잘살고 있다는 내용의 편지였다.

사건 후, 두 달이 지났을 때 찾아와서 후회한다며 울부짖던 남편을 그 당시에는 믿지 않았다. 보통의 남자들은 실종된 여자를 처음엔 찾고 싶어 하지만, 아내의 소식을 듣고 나면 돌변하는 모습을 자주 목격했기에 그 남편의 결심 또한 전혀 믿지 않았다. 이제야 나를 찾아와서 울먹였던 남편의 마음이 진심이었음을 확인했다. 짧은 시간이었지만 나와 함께 했던 기억을 잊지 않고 편지를 보내 준 그녀에게 늘 행복한 시간이 되기를 거듭 기원한다.

봄날은 또 그렇게 흐르네

따뜻한 봄날, 창가에 서서 하늘의 구름을 바라본다. 어린 시절, 이맘때쯤엔 넓은 하늘에 날아가는 새들은 보이지 않고 오직 구름 밖에 없었다. 그 시절엔 장난감이 없어서였을까. 하늘의 구름만 보고 있어도 그렇게 심심하진 않았다.

4월이 시작되던 날, 대장 내시경 검사를 받으러 병원에 갔다. 담당 의사가 조금 치료해야 할 부분이 있으니 입원하라고 한다. 갑자기 병원에 누워 있는 신세가 됐다. 누워서 병원 인근에 사는 친구에게 연락했다. 전화를 받자마자 부리나케 달려온 친구는 내 모양새를 보고는 "꼭 이렇게 노인네가 되어야겠어?"라고 한마디 했다.

육십 대 초반의 꽃 같은 봄날, 나는 많은 시간을 누워 있었다. 창밖의 나무들이 연녹색 잎에서 푸르른 나뭇잎으로 변하는 것도 보았다. 타의에 의하여 바쁘게 걷던 걸음을 내려놓고 멈춤의 시간을 보냈다. 그 멈춤으로 인하여 많은 것을 생각하게 되었다. '내려갈 때 보았네, 올라갈 때 못 본 그 꽃' 시 구절처럼 육십여 년간 보이지 않던 것들이 마음을 비우고 나니 참 잘 보였다.

이제는 모든 것을 내려놓았다. 다 내려놓고 돌아온 나를 하늘의 흰 구름은 옛 친구처럼 맞이해 주었다. 따뜻한 봄날, 하늘을 바라보고 있으니 외로움도 통증도 순식간에 사라지면서 마음은 뜬구름처럼 덧없게 흘러간다. 한곳에 머무르지 않고 중년에서 노년으로 교차하며 점점 멀어져 간다. 하지만 한곳에 머무르지 않기에 더 자유롭지 않았던가. 아직도 내 몸에 걸쳐 있는 그 숱한 인연과 함께 구름처럼 한없이 흘러만 가고 있다.

꽃 같은 봄날, 이제 마음은 편안하다. 요단강은 건너기가 힘들지만 건너고 나면 그곳은 가나안이라고 하지 않던가. 그곳엔 아주 편안하고 따뜻한 노년이 있다고 한다. 문득 가슴이 뛴다. 이뤄놓은 것이 없어서 조바심이 났을 때 두근거림이다. 느닷없이 시간이 가슴을 툭 치는 기분이다. 노년의 입구에서 세월은 이토록 빠르게 지나가는데… 봄날은 또 그렇게 흘러간다.

(중부일보 2022. 5. 12.)

명절 증후군

시간은 하나의 점과 같은 순간들이 모여 선(線)으로 이루어진다. 현장 경찰로 생활하다 보면 많은 순간을 경험한다. 앞에 놓인 매 순간은 무엇보다 소중하고 존귀하다. 좋은 시간도 있지만 그렇지 못할 때도 많다.

명절 같은 날에는 가족 간에 큰 사건이 일어난다. 특히 시어머니와 며느리의 제사상 준비 과정에서의 갈등, 부모 재산 문제로 인한 형제간의 다툼이 순간을 참지 못하고 일어나는 대표적인 사례다.

K 씨는 최근 가정폭력 사건으로 우리 사무실을 다녀간 가정주부이다. K 씨에겐 명절 때마다 시어머니의 하명이 있다. 언제나 명절 전 하루 일찍 내려와서 음식을 같이 하자고 한단다.

결혼 초에는 시어머니 말씀에 잘 따랐지만, 최근에는 명절 때만 되면 시어머니와 다툰다. 이게 시발점이 되어 귀경 후에 남편과 또 싸운다. 남편이 우유부단하여 부모님의 말씀을 거역하는 일은 절대 하지 못하는 성격이라 명절 때만 되면 초주검이 되어 귀경한 아내를 닦달하다 못해 폭행까지 일삼았다. 그렇다 보니 K 씨는 명절이 다가오자 아예 이혼서류를 챙기는 중이었다.

명절 제사음식은 정성이 부족하면 조상이 노하신다며 시어머니가 정해준 규칙대로 해야만 한단다. 산적과 전은 모양과 색깔이 분명하게 보여야 하고, 조기는 30센티 이상, 심지어 생선과 나물, 콩나물 다듬는 것까지 시어머니가 원하는 규칙대로 하여야 한다. 이러한 규칙들을 어겼을 때마다 시어머니는 처음부터 다시 하라고 짜증을 낸단다. 그렇게 하다 보면 제사음식은 하루 만에 절대 준비할 수가 없다. K 씨는 나름으로 열심히 했지만, 세월이 흐를수록 그런 시어머니가 답답하게 느껴지는 것은 물론, 보이지 않는 남편 조상을 위하여 왜 이렇게까지 희생해야 하는지 허탈감이 들어서 힘이 빠진다고 원망했다.

최근 명절을 한 달 앞두고 두통이 심하여 병원을 다녀왔다며 명절 생각만 하면 숨이 막힌단다. 때로는 자식들마저도 귀찮고, 죽고 싶을 만큼 고통스럽다고 했다. 요즘 명절 생각으로 너무 힘들어서 침대에 누워 하루를 보낸 적도 있다면서 자꾸만 예민해지고 신경이 곤두서 아이들한테까지 큰 소리로 짜증만 낸단다.

K 씨는 명절이 끝난 후, 남편에게 다음 명절부터는 참여하지 않겠다고 말했다가 심한 폭행을 당했다. 그 이후, 명절이 다가왔지만 참여하지 않았다. 혼자 시댁에 다녀온 남편은 '명절에 참석하지 않

는 며느리는 못 본다'라는 시어머니의 말을 전하며 오자마자 성질을 부리고 폭행까지 했다. K 씨는 그동안 자식 때문에 이혼을 미루고 살아왔지만, 더 이상 명분이 없다면서 평생 자신을 지켜준다던 남편의 약속은 시어머니의 제사상 규칙보다도 못한 약속이 되었다며, 가정폭력 고소장을 들고 나를 찾아왔던 것이었다.

K 씨가 다녀간 직후, 일단 그 남편을 불렀다. 앞으로 또 가정폭력 사건이 발생하면 정말 돌이킬 수 없는 심한 상처를 아내와 자식들에게 줄 수 있다고 설명하면서 순간적으로 화가 나도 참았으면 좋겠다고 권고했다.

하지만 남편은 고소장을 말하자마자 발끈하여 지난 폭행 사건 이후 잘하려고 노력하고 있는데 왜 그러는지 모르겠다며 성질을 부렸다. 또 명절이 다가오면 어떻게 할 거냐고 질문하자 그 대답은 하지 않았다. 이대로 남편을 돌려보냈다가는 뭔가 일이 곧 터질 것 같은 예감이 들어 직접 K 씨를 만나러 주거지 부근으로 남편과 동행했다.

K 씨와 그 남편, 그리고 나, 어렵게 만들어진 자리다. 우선 무슨 말을 해야 할지 떠오르지 않았지만, 현장 경험을 바탕으로 결혼생활의 우선순위가 무엇인지, 어떻게 해야 부모로부터 건강한 독립을 하는 것인지에 대하여 진솔하게 설명했다. 그러자 남편은 밖으로 나가 담배를 피우고 들어와서 본인의 생각이 잘못된 것 같다면서 앞으로 아내와 화해하고 잘 살겠다고 말했다. 그래서 내가 한마

디 더 했다.

"사람이 모이는 곳에는 항상 사람이 우선되어야 한다. 명절날 제도와 규칙 때문에 사람이 힘들어진다면 그것은 사람을 위하는 것이 아니라 제도와 규칙을 위한 것이다. 그것 때문에 가족이 힘들어하면 언제나 흔들리지 않도록 안전하게 지켜주는 것이 남편의 도리인데 왜 그 도리를 망각하느냐?"라고 다그쳤다. 그러자 남편은 고개를 푹 숙이면서 어떻게 해야 할지 막막하다고 했다.

일단 부모님을 만나 뵙고 명절에 대한 고정 관념이나 가치관 등에 대하여 차분하게 설명한 후, 친척들과도 의논하여 매사에 적절하게 대처할 수 있도록 문제를 해결했으면 좋겠다는 조언을 해주었다. 그러자 남편은 즉시 고향으로 달려가겠다고 했고, K 씨는 혼자 울먹이면서 '친정 오빠 같은 경찰관님이 있어 이제 숨통이 트인다'라고 말했다. 대화를 마치고 집으로 향해 걸어가는 K 씨와 남편의 뒷모습이 한결 가벼워 보여 나도 편안한 마음으로 사무실로 돌아왔다.

평생 가족을 사랑하겠다고 약속한 신혼 초의 언약을 시어머니의 제사상 규칙보다도 하찮게 여긴 남편으로 인해 K 씨의 가슴은 피멍이 들었지만, 지금은 안정을 되찾았다고 전해왔다. 참 다행이다. 올해는 참 포근한 명절인 것 같다. 그때를 생각하면 내 마음도 아팠지만, 지나고 보니 추억이었다.

내가 미워질 때

오늘부터 야간 근무다. 새로 받은 근무복을 착용하고 밤을 맞이한다. 밤에는 사건·사고에 대한 전화가 많이 걸려 온다. 특히 새벽에 걸려 오는 일반전화는 더욱 신경을 써야 한다.

새벽 2시, 대부분 잠들어 있을 시간이다. 갑자기 일반전화 벨이 울렸다. ○○중앙병원이란다. 이 병원에는 술에 취해서 난동을 부리는 사람이 많아 이따금 출동하곤 했다. 오늘도 술에 취한 사람 때문에 전화했나 생각했는데 의외의 전화였다.

병원에 응급환자가 들어왔는데 환자의 주소로 달려가서 보호자에게 연락해달라는 내용이다. 병원 관계자는 환자는 사망한 것 같다며, 새벽이어서인지 보호자가 전화를 받지 않아 난감하단다.

새벽 2시에 경찰관이 문을 두드린다면 놀라지 않을 사람이 어디 있을까. 그것도 정복을 입은 경찰관이 하나뿐인 아들 일로 찾아왔다고 하면 그의 부모님은 얼마나 놀라실까.

"계십니까? 경찰입니다. 최○○ 씨 집인가요?"

"예, 그렇습니다만 왜 그러세요.?"

최씨의 아버지가 놀란 목소리로 되물었다.

"혹시 우리 아이가 무슨 잘못이라도 있나요? 이 시간에 경찰이 무슨 일이에요?"

최 씨의 어머니도 비슷한 어투로 재차 물었다. 부모의 얼굴은 놀라서 당황해하고 있었으며 목소리는 떨리고 있었다.

"놀라지 마십시오. 중앙병원으로 빨리 와달라는 부탁을 받고 알려드립니다. 더는 잘 모릅니다."

청천벽력 같은 소리에 재차 그 아이의 부모가 병원 상황을 다시 한번 물었으나 나는 더 이상 알지 못한다고 답변했다. 차라리 최 씨가 잘못을 저질러서 그것을 알려주기 위하여 온 것이라면 좋겠다. 그런 사건이 아니어서 가슴이 더 아팠다. 내가 병원에서 전달받은 그대로 전했다가는 최 씨의 부모는 병원에 가기도 전에 쓰러질 것만 같았다. 이런 일이 많지는 않지만, 이런 급보를 전해야만 하는 나의 직업이 정말 난감하기도 하다.

그날 새벽부터 추적추적 가을비가 내리고 있었다. 서서히 야간 근무가 끝나갈 즈음이었다. 새벽 4시, 이번에는 수원 ○○대학 병원이라면서 112신고가 또 들어왔다. 교통사고로 들어온 환자인데, 급하게 수술해야 한다면서 보호자의 승낙이 필요한데 주소지가 우리 파출소 관내라면서 즉시 병원으로 안내했으면 좋겠다는 전화였다.

오늘 우리 관내에서는 교통사고로 ○○대학 병원으로 보낸 환자는 없다. 그래도 새벽에 보호자를 찾아 주어야만 한다. 즉시 보호자의 주소지로 출동했다.

보호자에게 연락 후, 출동한 소방관에게 전해 들은 사고 내용으로는 횡단보도를 건너던 환자를 신호 위반한 음주 운전자의 차에 치여 사경을 헤매고 있단다. 음주 운전자는 현재 검거되어 조사 중이며, CCTV 영상을 보니 환자가 귀에 이어폰을 꽂고 걷는 모습이 보인다고 말했다. 아울러 환자 상태를 정확히 알기 위하여 병원에 전화해 보니 가망 없을 것 같으나 병원 측에서 최선을 다해보겠다고 한다.

남들이 다 잠들어 있는 시각, 아무리 국민의 생명과 재산을 보호하는 경찰관이지만 그들의 가족에게 이런 연락을 해야 하는 내가 너무 싫다. 하룻밤에 한 번도 아니고 두 번씩이나 가슴이 찢어지는 소식을 전하는 나 자신이 정말 미워진다.

제발 단 하룻밤만이라도 희망으로 가득 찬 기쁜 소식을 전해주고 싶다.

2 ー 천호성지의 가을

천호성지의 모퉁이에 억새가 바람에 흔들린다.

표표히 나부끼는 하얀 억새꽃을 보면서 잠시 걸음을 멈췄다.

억새는 고즈넉할 뿐만 아니라

쓸쓸하지 않은 시절의 대미(大尾)를 장식하는 들꽃이다.

특히 석양을 등지고 서 있을 때가 가장 아름답다.

저무는 역광에 윤택한 빛깔을 유감없이 드러내는

억새의 도열이 마치 사열관처럼 맞이한다.

-본문 중에서

누구든 소중한 생명(生命)이기에

봄바람이 세차게 불었다. 창문 틈으로 비집고 들어오는 바람 소리조차 내게는 마치 살려달라는 신음처럼 애절하게 들려왔다. 새순을 싹틔우는 생명력이기에 얼어붙었던 동토를 녹이고, 대지의 따스한 숨결로 생명을 잉태시킨 봄바람이 아닐까.

제아무리 세찬 봄바람도 해가 지면서 차츰 가라앉더니, 밤의 적막과 함께 조용히 다가온 안개가 온 천지를 덮었다. 안개가 자욱한 그날 밤, 한 치 앞도 볼 수 없는 안개처럼 삶의 저편에 서 있던 한 청년이 내게 잊혀지지 않는 소중한 인연이 될 줄이야.

흔들리지 않고 피는 꽃도 없겠지만, 아프지 않고 성숙하는 청춘 또한 드물 것이다. 이제는 쉰 세대라고 놀림을 받는 중년이 되었지만, 나도 젊음의 뒤안길을 뒤척이며 돌아왔다. 내게도 한때 청춘의 절규를 흔들리는 나뭇가지에 걸어 본 적도 있었다. 나무는 흔들리면서 수액으로 자라고, 사람은 관심을 받으면서 사랑으로 살아가는 존재가 아니겠는가. 그래도 모든 생명체(生命體)는 시간을 머금고 그 속에서 꽃처럼 피어날 것이다.

유난히 안개가 짙게 드리워진 어느 날 밤이었다. 어둠의 정적을 깨뜨리는 한 통의 무전 지시가 내려왔다.

'자살하겠다는 사람이 있다.'

아니! 이 밤중에 목숨보다 더 소중한 것이 어디 있다고 자살이 웬 말인가? 자욱한 안개 탓이었을까. 이런 사건으로 처음 출동하는 것도 아니건만 그날 유독 더 긴장되었다. 지시된 곳은 전형적인 농촌 마을이었다.

공적인 업무규정은 자살을 결심한 자를 찾아내어 보호자에게 인계하고, 자녀가 자살을 결심했으니 철저히 관리하라는 당부와 요청만 하면 된다. 그런데 그날은 수신을 안 하는 당사자에게 계속 전화했다. 포기할지 말지를 생각하다가 또 전화하고, 이제 마지막으로 한 번만 더 해보고 규정대로 실행하리라 다짐하면서도 또 다시 전화를 걸곤 했다.

지성이면 감천이라 했던가. 끈질긴 신호음에 "여보세요." 문제의 주인공이 전화를 받았다. 너무나 반가웠다. 그토록 애타며 가슴 졸이던 순간에 메아리처럼 응답하는 그에게 나도 모르는 사이 신분을 밝히고 말았다. 그가 한 마디로 "어느 누구라도 대화하고 싶지 않습니다."라고는 전화를 끊으려고 했다. 절체절명의 순간, 그를 꼭 살려야 한다는 절박함으로 "5분만 시간을 달라."면서 애걸하

다시피 매달렸다. 그는 "나는 누구하고도 만나고 싶지 않으며, 빨리 죽고 싶다, 돌아가라."라는 말만 되풀이했다. 내 마음속에서는 '앗, 아직 살아 있구나.' 하는 안도의 한숨이 나왔다.

잠시 후, 내 관심이 닿았는지 요지부동이었던 그가 얼굴만 보여주겠다면서 나오겠다고 한다. 신기하고도 반가웠다. 딱딱한 이미지의 정복을 입은 경찰관이지만, 생명(生命)의 소중함을 누구보다도 잘 알기에, 그 생명을 구하는 일이라면 무슨 일인들 하지 못하랴. 나의 새로운 각오가 그를 향해 진심으로 소통할 수 있기를 간구했다. 그랬다. 나를 만나겠다고 하는 그의 응답이 가상하지 않은가. 그것만으로 한 줄기 희망의 줄을 잡은 것 같았다.

드디어 동반 자살을 결심한 그가 대문 밖으로 나왔다. 어둠 속에서도 싸늘한 표정으로 그가 내 앞에 나타났다. 그의 손을 잡자 "손 놓으세요!" 하며 완강하게 뿌리쳤다. 그래도 "학생 같은데, 그냥 내 손잡고 가요."라면서 다시 한번 빼내려는 그의 손을 꼭 잡아주었다.

열아홉 살인 그에게 나는 그 또래문화를 다정하게 얘기해 주며 공허한 그의 마음속을 함께 유영하면서 그의 고민과 속사정을 경청했다. 그는 매우 어두웠으며 외로움에 굶주리다 못해 혈색도 없어 보였고, 마치 여린 나뭇가지 같았다. 웬만큼 흔들려서는 나무에 수액이 전달되지 못하는 연약한 나뭇가지. 그 아이의 가엾은 처지에 연민이 몰려왔다. 그의 절박한 생각들이 내게 전달되었다. 이미 우린 눈빛으로, 소통되어 서로 공감대를 형성하고 있었으니까.

여태까지 살면서 한 번도 누구와 따뜻하게 이야기해 본 적이 없다는 그가 계속 싸늘한 반응을 보였지만, 측은한 마음이 더해서 조심스럽게 대화를 이어갔다.

부모님이 이혼 후 공부 못하는 그를 가족 모두가 미워했다고 한다. 칭찬은 단 한 번도 없었으며 늘 핀잔뿐이어서 가족이 싫었고, 성악 공부를 하고 싶은데 항상 반대했단다. 그래서 인터넷 자살 사이트에서 서로 비슷한 환경의 사람들과 마음이 통하여 동반자살을 결심하게 되었다고 자초지종을 말했다.

어차피 가족에게 인정받지 못하고 바보처럼 살 바에는 죽는 것이 훨씬 편할 것 같아 결심했다면서 그것을 실행하기 위하여 자살 준비물을 갖고 시외버스터미널에서 만나기로 했단다. 그는 그 약속 장소로 꼭 나가야 한다고 서두르면서 내게 다그치듯 말했다.

한 시간째, 그가 살아온 이야기에 공감해 주었다. 나도 고개를 끄덕이고 응수하며, 오히려 대견스럽다는 표정을 지으며 감탄사를 연발했다. 그의 이야기가 끝나고 그가 처한 현실에 말문이 막혀 어떤 말로 위로를 해줘야 할지, 생명의 소중함과 자살해서는 절대로 안 되는 이유에 관하여 어떻게 설득할지 막막했다.

생명(生命)은 태어나면서부터 신의 명령(命令)이니 사람의 생각보다 더 엄숙하다고 할까. 아니면, 정말 우리는 모두 사랑받기 위해 태어났다고 말할까. 머뭇거렸다. 혹시 흐르던 시간도 우리 편이 되어 귀한 생명을 위해 머뭇거려 줄 것을 기대하면서….

일단 동반 자살을 결심하고 서로 연락을 취하고 있는 3인과의 카톡을 차단하자고 제의했다. 그가 머뭇거리는 틈을 타서 잽싸게 핸드폰을 가로채서 동반 자살팀과 대화한 흔적을 모두 삭제한 후 차단했다. 돌발적인 나의 행동을 거부하지 않고 그가 그런 나를 지켜만 보고 있었다. 점점 그의 마음이 차분히 가라앉는 게 느껴졌다.

지금 심정이 어떠냐는 나의 질문에 생각보다 시원해졌다고 대답했다. 집으로 향해 가는 그의 발걸음이 가벼워 보였다. 내게로부터 멀어져 가는 그의 뒷모습이 어떤 영웅보다 더 위대해 보였다면, 나의 지나친 생각일까.

다음날, TV 뉴스에 S시 해수욕장에서 그와 함께 자살 모의를 했던 세 명이 변사체로 발견되었다는 뉴스가 떴다. 아찔했다. 하필 그날 그가 전화를 했다. 약간 떨리는 음성으로 내가 '자신의 생명의 은인'이라고 했는데 오히려 내가 쑥스러웠다. 하지만 나는 새롭게 결심했다. 앞으로 내가 경찰관으로 근무하는 동안 주변인들에게 더 진심으로 가깝게 다가서서 정성껏 식물에 물을 주듯 만나는 사람들에게 관심과 사랑을 맘껏 쏟아 보리라고.

새순을 틔우던 나뭇가지에서 이제 막 꽃봉오리가 솟았다. 안개가 자욱했던 그 밤을 생각하면 아직도 내 가슴은 싸늘한 전율이 돈다. 인정받고 싶은 그의 절규가 봄바람 속으로 메아리쳐 들려온다. 누구나 소중한 생명(生命)이기에.

오늘도 봄바람은 또 다른 아픔으로 꽃을 피워내며, 지친 내 영혼에 수액을 전달하는 나무처럼 생명의 고귀함을 온몸으로 깨닫게 한다. 삶의 새로운 의미를 내게 가르쳐 주면서.

(2016년 제17회 경찰문화대전 산문부문 우수상)

왕방울 눈을 가진 울보

때로는 떠나간 날들이 그리울 때도 있다. 숨죽여 있던 세월의 그림자가 안개처럼 몰려오면 눈시울이 뜨거워지고 삶의 긴 긴 날을 떠올리게 된다. 삼 년 전 내 기억의 강에 머무는 왕방울 눈을 가진 그 아이의 ○○초등학교 앞에 서 있다.

삼 년 전, 그날도 어김없이 학교 정문 앞에서 아이는 학교 가기 싫다고 울면서 엄마 치맛자락을 붙들고 놓지 않았다. 눈이 크면 눈물도 많다는 말이 있지만, 계속해서 눈물이 그치질 않자 혼난다면서 엄마는 경찰관을 불렀다. 아이에게 다가가서 물어보니 학교에 가면 친구들이 자신을 싫어하는 것 같고 선생님도 자신만 미워한다며 더 크게 울었다. 엄마는 선생님과 아이의 친구들이 밉다고 하면서, 경찰관이 학교에 가서 무슨 일이 있는지 조사 좀 해달라고 했다.

참 난감했다.

아이가 학교에 왜 가기 싫어하는지? 혹시 학교폭력, 아니면 왕따? 온갖 상상을 다 해가면서 먼저 엄마의 이야기를 들었다. 엄마는 등교할 때마다 아이의 눈물을 보면 가슴이 찢어지게 아프단다. 당장 지금 다니는 회사를 그만두고 아이에게 집중할까도 생각했고, 모질게 아이를 뿌리치고 강하게 키우려고도 해봤다면서 많은 갈등을 느낀다고 했다. 물론 학교에 입학하기 전 아이가 이기주의적 사고가 될까 봐 아이를 데리고 또래의 친구 집에도 자주 놀러 갔고 아이 친구들을 초대하여 친구들과도 잘 어울리게 했으며 아이가 혼자라서 원하는 모든 것을 즉시 채워주었단다.

요즘은 자식을 둔 경우 둘 아니면 하나밖에 없는 가정이 많다. 아이의 성향이 어떻고 친구 관계에서 어떤 친구를 더 좋아하는지 등 아이 입장은 전혀 고려함 없이, 엄마들이 생각하는 사고로 아이를 움직이게 했으니 올 수밖에 없다고 설명했지만, 아이 엄마는 쉽게 받아들이지 않고 오히려 아이가 혼자이다 보니 원하는 모든 것을 다해줬다면서 자신만만하게 자랑만 늘어놨다.

나는 지그시 눈을 감고, 아이의 심정으로 돌아가 엄마에게 다시 한번 더 말했다. 아마 '아이는 그동안 엄마의 즉각적인 반응이 당연한 것이 되어 세상의 모든 일이 자신을 위해 움직인다고 생각하면서 생활했지만, 학교에서의 인간관계는 절대 그렇지 않기 때문에 학교 가기가 불안하며 싫어지는 것'이라고 설명했지만, 엄마는 막무가내였다.

다음 날, 학교를 방문해서 아이 담임선생님과 친구들까지 모두 만나 보았다. 그 결과 아이는 학교에서 소극적이며 늘 불안해하는 성격이라는 사실을 확인했다.

학교에 다녀온 후, 즉시 ○○대학교 심리학 교재를 들춰봤다. 대학교의 교재와 현장에서 체험하는 것과는 약간 다른 면도 있기 때문에 아이의 증세와 그 유사사례 및 대처 방법 등에 대해서 해결점을 찾은 뒤, 아이의 부모를 또 불렀다.

"아이는 항상 엄마가 있을 때는 안정감을 느끼며, 엄마가 없을 때는 늘 불안해하는 엄마와 아이와의 관계에서 분리(分離) 불안(不安)이 있으니, 엄마 없을 때도 아이가 안정감을 느낄 수 있도록 아이와의 관계를 건강하게 유지했으면 좋겠다"라고 조언을 했다.

엄마와 헤어져야 하는 이유와 학교에서는 스스로 생활해야만 된다는 내용을 아이에게 인지시켜 아이가 마음으로 받아들여야만 안정감을 느끼는 것이지, 학교를 보내고자 하는 일방적인 지시나 강제적으로 밀쳐냄은 아이에게 더 큰 불안을 주는 요인이 된다고 반복해서 강조했다. 무엇보다도 중요한 것은 평소에 충분한 시간을 두고 아이와의 건강한 관계를 형성하는 기간이 더 필요하다고 충분하게 설명했더니 잘 알았다면서 사무실을 나갔다.

삼 년 후 어느 봄날, 아이 엄마와 아빠가 찾아왔다. 그동안 전혀 연락이 없었다가, 왜 왔을까. 궁금한 마음이 앞서 만나자마자 아이

상태부터 물어봤다. "우리 아이의 가장 시급한 문제를 잘 찾아 주신 덕분에 우리 가족 모두가 건강해졌다."라면서, 당시 나의 의견을 존중하여 남편과 상의 끝에 새로운 환경에서 아이의 분리(分離)불안(不安)을 해소하며, 건강한 관계를 유지하려고 전원주택으로 이사했단다. 이사 후, 아이에게 충분한 시간을 두고 매사에 모든 일을 혼자서도 잘할 수 있도록 노력한 결과 지금은 매우 좋아졌다면서 아이의 상태를 정확하게 알려준 나에게 고마움을 전하고자 찾아왔단다.

봄이 오면 청춘을 바친 경찰관 생활 중 기억에 남는 많은 사연이 마치 아지랑이처럼 피어오른다. 아이가 학교에 가기 싫어 운다고 경찰관을 부르는 사연은 시골에서나 가능한 일이지 않을까.
그 일을 계기로 왕방울 눈을 가진 아이의 미래 꿈은 경찰관이 되었고, 나에게는 가끔 꺼내 보는 소중한 추억이 되었다.

천호성지의 가을

아침에는 안개가 자욱하고 기온이 뚝 떨어져 한기가 느껴진다. 계절이 처서 백로를 지나면, 공기는 몰라보게 서늘해지면서 들녘은 누른빛으로 물들어 간다. 자주 산책하러 나가다 보니 때맞추어서 코스모스가 피어있고, 보이지 않던 고추잠자리도 홀연히 나타난다. 이맘때가 하늘이 가장 예쁠 때인 것 같다.

하늘은 어느새 액자 틀 안의 명화가 되어 수시로 그림을 다르게 바꿔 놓는다. 이때쯤 꼭 다녀와야 할 곳이 있다. 부모님이 계신 천호성지의 봉안 경당이다. 천호성지는 천호산 중턱에 자리 잡고 있으며, 부활 성당과 봉안 경당이 함께 있다.

이른 아침, 안개를 뚫고 달려간 천호성지 입구의 큰 나무들 옆에는 붉은빛을 토해내는 꽃무릇들이 융단을 깔아놓은 듯 화려하다. 마치 가슴에 맺혔던 상처를 피멍으로 토해내듯 선홍빛 강렬한 색채로 산자락을 물들이며, 고혹적인 여인의 자태를 뽐낸다. 꽃무릇은 한 여자가 한 남자를 그리다가 제 몸을 활활 태워 피를 토하며 죽었다는 여인의 속눈썹 같은 꽃이다.

꽃은 잎을 보지 못하고, 잎은 꽃을 보지 못해 서로 애타게 그리 워한다고 해서 상사화라고도 불리지만, 꽃무릇은 다르다. 상사화 는 봄에 줄기가 먼저 나오고, 늦여름에 분홍색 꽃을 피우며, 꽃무 릇은 석산화라고도 하는데, 9월 초순쯤 꽃이 피었다가 지고 나서 야 잎이 돋아난다. 꽃무릇의 연녹색 꽃대는 꽃과 어우러져서 묘한 조화를 이루고 있으며, 밤새 머금은 이슬방울과 긴 꽃술은 햇볕을 받아 보석처럼 반짝인다. 꽃무릇은 한껏 가을빛을 받아 선홍색을 토해내며 황홀한 색채와 함께 뒤섞여 있어 더 신비스럽다.

아, 어쩌다 이렇게 화려한 꽃들이 이곳에서 군락지를 이루게 되 었을까? 잠시 꽃을 보면서 나 자신을 돌아봤다. 내가 언제 한 번이 라도 꽃무릇처럼 열정적으로 불타오른 적이 있었는지.

가을은 예나 지금이나 하루가 짧게 느껴진다. 해가 짧으니 아름 다운 풍경도 오래 볼 수 없어 아쉽다. 하지만 천호성지 앞뜰의 들 국화는 다른 꽃들에 비해 가을을 오래 붙들고 있어, 짧은 아쉬움을 달래준다. 다른 꽃들은 서리를 맞으면 맥을 못 추는데 들국화는 추 위에 강한 편이라 기온이 뚝 떨어져도 아랑곳하지 않고 꽃을 피운 다. 이런 강한 모습을 볼 때마다 어릴 적 그토록 강했던 부모님이 생각나서 가슴에 찡한 여운이 남는다.

천호성지의 모퉁이에 억새가 바람에 흔들린다. 표표히 나부끼는 하얀 억새꽃을 보면서 잠시 걸음을 멈췄다. 억새는 고즈넉할 뿐만 아니라 쓸쓸하지 않은 시절의 대미(大尾)를 장식하는 들꽃이다. 특히 석양을 등지고 서 있을 때가 가장 아름답다. 저무는 역광에 윤택한 빛깔을 유감없이 드러내는 억새의 도열이 마치 사열관처럼 맞이한다. 이젠 천호성지의 모퉁이가 억새의 자리처럼 당연하게 느껴진다.

가을 아침, 선홍빛 그리움을 가슴 한편에 묻고 세월을 비켜, 먼저 가신 부모님을 떠올리면서 천상에서의 축복과 은총을 간구하는 기도를 바친다. 오늘도 천호성지 입구의 꽃무릇과 앞뜰의 들국화, 그리고 모퉁이에서 사운 대던 억새와 함께 천호성지의 가을이 눈에 선하다.

(2022. 10.)

세상이 궁금해서요

바람이 거리낌 없이 나무를 흔들면서 갈대를 마구 헤집어 놓아도 흔적이 남지 않는 외로운 섬, 한국의 세렝게티라고 불리는 수섬은 시화호 간척사업으로 넓은 들판에 억새와 갈대가 끝없이 펼쳐져 있다. 한때는 고깃배가 들어오고 갯벌에서 조개를 줍던 섬이었지만, 지금은 버려진 야생의 땅이 되었다. 하지만 읍내에는 아직도 노래방 및 주점, 음식점, 횟집 등이 많아서 가끔 경찰서로 직접 범죄 신고가 들어오는 곳이기도 하다.

경찰서 생활질서계장으로 근무하던 때이다. 당시 읍내에 있는 노래방에 '도우미를 두고 영업한다'라는 제보 전화를 받고 현장을 급습했다. 현장에는 이미 흥이 올라 흥청대고 있었다. 여기저기 나뒹굴어진 맥주 캔이며 먹다 남긴 음료수 깡통들이 어지러이 널려 있었다.

세 명의 여자와 세 명의 남자가 뒤엉켜 어우러진 판은 퇴폐적이고 탁한 기운이 넘쳐나고 있었다. 현장에 들어섰을 때 마침 머리가 반쯤 벗겨지고 눈이 유난히 작은 중년 남자가 노래를 부르다 말고 역정을 내며 큰 소리로 말했다.

"뭐야! 뭐 하는 사람이 남의 회식 자리를 망치는 거야."

"경찰입니다."

"뭐 경찰이라고?"

계속 짜증을 내며 소리를 질러댔다. 일행들은 경찰이 회식을 방해했다느니, 분위기 있는 자리를 깼다느니 하면서 인권침해라고 강하게 항의했다. 섣불리 한마디 했다가는 옆에 있는 노래방 기구라도 던질 기세였다.

일단 도우미 신고에 관하여 확인하려고 세 명의 여자를 응시하며 남자를 상대로 질문을 던졌다.

'여자와는 어떤 관계인가요?' '친구다 왜! 내 여자 친구다.'

'그렇군요. 그런데 왜 도우미와 함께 있다는 신고가 들어왔을까요?'

저기 긴 파마머리에 입술을 붉게 칠한 여자분, 이분이 남자 친구인가요?

여자는 아무 말도 하지 않고 침묵으로 일관했다. 이어서 수수하고 평범한 차림새였지만 왠지 눈빛이 서늘해 보이는 여자에게 질문했다.

"저 남자분이 친구인가요?" 역시 침묵으로 일관했다. 이번엔 질문도 하지 않았는데 나이가 좀 있어 보이는 화려한 분홍색 원피스를 입은 여자는 한 남자를 지목하며 남자 친구라면서 강하게 항의했다.

영업장 주인을 조사하기 전, 휴게실에서 자연스러운 분위기를 조성하려고 간판에 '사랑, 볼수록 매력 있다'라고 적혀 있는데 무슨 뜻인가요? 주인은 진실한 사랑을 뜻한다고 말했다. 이어서 세 명의 여자를 상대로 호기심이 발동하여. 왜 이곳에 오셨냐고 질문했다. 긴 파마머리에 입술을 붉게 칠한 여자는 원래 노는 것을 좀 좋아해서 왔으며, 원피스를 입은 여자는 자식 과외비 벌려고 나왔다. 라고 말했다. 왠지 수수하고 평범한 차림새였지만 눈빛이 서늘해 보이는 여자는 고개를 푹 숙이고 아무 말도 하지 않았다. 그래서 다시 한번 질문했다.

"뭐가 아쉬워서 여길 오셨나요?"

"세상이 궁금해서요."

그녀는 얼떨결에 대답해 놓고는 피식 웃었다. 하여튼 명분이 필요한 사람이었다. 보통 사람들은 대부분 아이 과외비를 벌려 나오고, 노는 것을 좋아해서 나왔다고 하는데 그녀는 또 하나의 사연을 들고 나타났다. 결국 제 끼가 넘쳐서 나오신 분 같은데.

먼저 조사를 시작하기 전, 커피 한 잔을 들고 밖으로 나왔다. 그러자 그녀도 커피 한 잔을 달라면서 밖으로 따라 나왔다. 그러고는 정작 괴롭고 힘든 것은 본인 혼자라며 묻지도 않은 사연을 말했다.

자신은 아무 문제가 없는 사람이며, 스스로 외로움을 견딜 수 없어 노래방에 왔다고 했다. 공부 때문에 한 번도 속 썩인 적 없는 대학생 아들, 안정된 중소기업 대표인 남편, 누가 봐도 완벽하고 행복해 보이는 가정의 사모님이었다. 그러나 정작 자신은 없었다고 한다. 가족 중 그 누구도 자신이 필요하지 않다는 사실을 깨달았을 때 너무나 외로웠다고 한다. 겉으론 윤리와 도덕으로 잘 포장된 이 도시에서 자신이 아직도 살아 있음을 느껴보고 싶고, 가슴 떨리는 사연도 만들고 싶어 노래방에 나왔다고 절절하게 소곤대듯이 속삭였다.

조사를 마친 후, 그녀가 내게 또 질문했다.

"오늘 경찰서에서 조사받은 내용에 대하여 우리 남편에게 통보되나요?"

"아니요, 남편에게 통보하진 않지만, 남편이 언젠가는 알 수 있겠죠."

그녀는 혼잣말로 '어쩌지 이 사실을 알면 당장 밖으로 내쫓길 게 뻔한데'라며 조사실을 나갔다. 고개를 푹 숙이고 혼자서 걸어가는 그녀의 뒷모습이 정말 쓸쓸해 보였다. 하지만 그녀는 훗날 검찰에 '빈둥지 증후군'이라는 병명으로 의사 진단서를 제출했다고 전해왔다.

그 사건이 발생한 지 수 년이 지났지만, 아직도 한국의 세렝게티 수섬의 갈대는 은빛 물결처럼 출렁인다. 미미한 바람에도 몸을 뒤척이며, 작은 새의 날갯짓에도 자꾸만 흔들린다. 바람이 부는 대로 흔들리는 갈대를 보면서 당시 읍내 노래방을 단속할 때 그녀의 말을 생각한다. '세상이 궁금해서요.' 하지만 궁금한 것은 세상이 아니라 갈대 같은 사람의 마음이 아닐까. 오늘도 변함없이 한국의 세렝게티 수섬은 그 사연을 아는지 모르는지 적요(寂寥)하다.

이혼, 아쉬워도 괜찮아

현장에서 이혼 관련 상담은 특별한 경우가 아니면 아예 이혼 안 해봐서 모른다고 답한다. 하지만 가끔 대민상담을 하다 보니 여성들의 일상을 깊이 이해할 수 있었다. 남편과 아이를 위해 헌신하고도, 정신적으로나 물질적으로나 상응한 대우를 못 받고 온갖 차별에 시달리며, 밖에 나가면 아줌마 소리밖에 못 듣는 안타까운 경우가 많았다.

여성들이 남자들에 비해 지나치게 착하고 순진하다는 사실도 알게 되었다. 여성들이 이혼하니 마니 다투고 고민하는 사이에 남자들은 어느 틈에 이혼 준비를 다해 놓고 있었다.

어느 봄날, 침통한 얼굴로 K 씨가 지인과 함께 찾아왔다. 사실 읍내에서 근무하다 보면 법 관련되는 모든 가정사를 상담해 준다. 그날도 변호사가 해야 할 일인데 지인과 함께 왔으니 어쩔 수 없이 만났다. K 씨는 이미 한 달 전에 이혼 관련 상담을 했던 분이다.

내가 인사를 건네자마자 K 씨는 울음을 터트리며 주저앉았다. 전에 상담을 할 때 이혼 소송 절차에 관하여 친절하게 안내하면서 특별히 몇 가지 사항을 당부했었다.

먼저 변호사를 선임하여, 변호사에게 반드시 남편 이름으로 된 모든 부동산, 통장, 주식 등 모든 재산을 '가압류'를 한 후, 소송을 해야 한다고 했고, 혹 남편이 가압류를 풀어달라고 하면 '합의안'부터 작성하고 가압류를 풀어야 한다고, 신신당부했다. 그 외에는 절대 가압류를 풀어서는 안 된다고 설명했건만, 상담 당시에는 꼭 그렇게 하겠다고 대답했는데 이번에 또 지인을 데리고 찾아온 것이다.

우선 어떻게 또 오게 되었냐며 자초지종을 설명해 보라고 했더니, 지난번에 시킨 대로 먼저 가압류를 하고 소송에 들어갔더니 남편이 가압류만 풀어주면 원하는 대로 합의해 주겠다고 회유를 해와서 그만 압류를 풀어주고 말았단다. 가압류가 풀리자, 재산을 온갖 방법으로 다 빼돌리곤 이젠 줄 것 없다고 나온단다. 지난번 상담 때 '합의안부터 작성'하고 압류를 풀어주라고 간곡하게 당부했건만, 내 말을 허투루 듣고는 이제 와서 울음을 그치지 않는다. 지인은 안절부절 내 눈치만 보고 있어 어쩔 수 없이 울음을 그치게 할 요량으로 그동안 지나간 일은 그만 묻어두고 위자료를 많이 받을 수 있도록 함께 노력해 보자고 말했다. 세상에 살면서 매사 지갑에 돈이 두둑해야 어깨가 펴지는 게 인간의 습속이다. 앞으로 혼자 좀 더 당당하게 살아가려면 재산을 많이 확보해 둘 필요가 있다고 설명하면서 향후 일어날 상황에 대하여 논의했다.

먼저 법원에서 이혼 판결문을 받고도 위자료를 받지 못하는 경우도 있으니 침착하게 진행해야 하는데, 첫째, 남편이 위자료를 지급할 능력이 없다고 자꾸 미루면 반드시 남편에게 재산목록을 적어내라는 '재산 명시 신청'을 해야 하고, 그래도 밝히지 않으면 명시 명령을 지키지 않았다고 '형사고소'까지 불사해야 한다.

형사고소까지 했는데도 위자료를 주지 않을 땐, 옮기는 직장마다 쫓아다니며 월급을 압류하는 등 위자료를 내놓을 때까지 끈질기게 괴롭혀야 한다. 만약 지급이행을 오래 끌면 아주 질긴 사람이라 판단하고, 그 사람이 어디서 무엇을 하든 살아 있는 한은 꼭 받을 수 있도록 함께 노력하자고 다독였다. 어쨌든 만사를 제쳐놓고 변호사와 상의해서 재산을 많이 받아야 한다고 재차 강조했다.

K 씨는 고맙다는 인사를 흐르는 눈물로 대신하며 떠났다.

엊그제 지인과 함께 오 년 전에 헤어졌던 K 씨를 만났다. K 씨는 내가 생각했던 것보다 훨씬 큰마음의 강물이 흐르고 있었다. 언젠가는 바다로 흘러가겠지만, 이혼 후, 힘들고 혹독했던 긴 터널을 빠져나와서인지 얼굴엔 작은 평화가 흐르고 있었다. K 씨는 지난날을 원망하지도 않으며, 비관적인 생각들은 이젠 아예 흔적조차 없이 사라져 버렸다고 한다. 이혼 당시에는 자식들을 둔 상황에서 아쉬움도 많았지만, 지금은 오히려 자식들이 엄마를 위로해 준다. 이젠 모든 것이 괜찮아졌다고 미소를 지었다.

현장 경찰로서 대면 상담을 하다 보면 많은 사람의 마음에서 드넓은 바다를 보는 경우가 종종 있다. 바다는 어디에서 시작되는가. 골짜기를 흐르는 작은 개울에서 시작된다. 개울은 평지에서 흐르는 자그마한 내를 거쳐 강으로 가고, 강물은 마침내 바다로 간다. 바다 같은 마음의 K 씨를 보면서 내가 한 일이 생각 밖으로 작았지만, 그래도 이혼 상담으로 인하여 또 다른 바다를 볼 수 있어 참 좋은 시간이었다.

어떤 상담

겨울이 깊어 갈수록 외로움은 더 심해지고, 적막(寂寞)함이 가득하다. 이유 없이 헛헛한 마음이 드는 아침, 창밖에는 차가운 바람 때문에 앙상한 나무들이 쓸쓸하다 못해 스산해 보인다. 일상에서 잊고 지냈던, 기억 속에 머무르고 있는 어느 회사원의 상담이 떠올랐다.

지난겨울, 이른 아침에 남자가 쓰러졌다는 신고를 받고 현장으로 달려갔다. 40대 초반의 남성이 호흡하기가 힘들고 내장이 꼬이는 것 같다더니 쓰러졌다고 한다. 즉시 병원으로 이송하였고, 병원 응급실에서 간단한 치료 후 신체적으로 별다른 이상이 없다는 진단을 받고 귀가했었다.

며칠 뒤 그 남자가 사무실로 고마움을 표시하기 위해서 찾아왔다. 그동안 몸은 어떠냐는 나의 질문에 몹시 당황해하면서 아직도 완쾌되진 않았지만, 수시로 야근할 수밖에 없단다. 입사한 지 10년

가량 되지만 퇴근 시간에 맞춰 정시에 퇴근한 사례는 거의 없다면서, 회사 일을 완벽하게 처리해야만 직성이 풀리는 성격이라 어제도 밤 10시가 돼서야 퇴근했단다. 하지만 엊그제 상사로부터 업무 지시받은 내용을 생각하면 늘 긴장되고 가슴이 답답하다고 한다. 왜냐하면 그 업무는 혼자 하는 일이 아니고 팀원들과 함께해야만 하는 일인데, 팀원 중 한 사람이 늘 소극적으로 대충 끝내자고 하니 참 난감하단다. 그 일만 생각하면 소화가 되지 않고 가슴이 답답하다고 한다. 이번 일을 계기로 상사로부터 인정받지 못하고, 회사 내에서 하찮게 여겨질 것이라고 생각하니 스트레스를 많이 받는다고 한다.

그의 이야기를 듣고 보니 과거 활발했던 나의 청년 시절 기억이 새롭게 생각나서 그에게 들려주었다. 한때는 직장에서 인정받으려고 찬 이슬 맞아가며 밤새 잠복근무도 해봤고, 늦게까지 업무에 파묻혀 살아봤다는 경찰의 경험담을 얘기해 주면서 지금도 그때를 생각하면 가족과 이웃 친지들에게 진심으로 미안한 마음만이 가득할 뿐이다. "이제부터는 직장 상사가 우선이 아니라 나 자신과 가족에게 충실하고 늘 가족 위주로 살아 보는 것이 어떠냐?"라고 권유했다.

그러자 그는 그동안의 생활이 이해되었는지 "경찰관님의 이야기를 듣고 보니 속이 후련하다."라면서 환한 얼굴로 나갔다.

누구든지 어떠한 일을 할 때 인정받는 것은 중요하다. 그 일이 자신의 가치에 큰 의미를 부여하기 때문에 사람들은 그 의미(意味)에 대하여 자신만의 기쁨과 행복이 될 수도 있다. 하지만 무엇보다도 중요한 것은 타인으로부터 인정받는 것이 아니라, 내면에서 흘러나오는 자신의 존재 가치를 더 중요하게 느껴야 한다. 타인으로부터 인정받는 생활에 우선순위를 두다 보면 늘 눈치를 보면서 생활하게 된다. 그렇게 해서는 절대 안 되는 줄 알면서도 그렇게 하는 사례가 너무 많다. 무슨 일이 있어도 자기의 존재감을 인식하면서 살아야 쉽게 흔들리지 않으며, 색다른 즐거움도 느낄 수 있다.

늘 평범한 일상으로 묶어진 직장생활, 집 대신 사무실에서 깊어져 가는 겨울을 느낀다. 삶이란 때론 고통스럽고 힘겹지만, 거기엔 인정받고 싶은 존재의 아름다움이 항상 함께하기에 오늘도 행복한 기억 속에 그 상담을 회상해 본다.

어느 취객

하늘이 점점 밝아오면 같은 듯, 똑같지 않은 하루가 또 시작된다. 현장 경찰의 하루는 날마다 예측할 수 없는 사건들과 색다른 환경을 안겨준다. 늘 새로운 사건을 접할 때마다 어려움이 많다. 사건이 매일 똑같지 않기 때문에 사연 많은 날은 다른 날에 비해 더 녹초가 된다. 사건으로 인하여 어떤 때는 한 몸처럼 지낸 소중한 추억들이 한꺼번에 날아가 버리기까지 한다.

오늘은 봄비가 내리고 있다.

추적추적 봄비는 내리는데, 갑자기 술에 취한 사람이 쓰러져 있다는 신고가 접수되었다. 달려간 현장에는 30대 초반으로 보이는 남자가 웅크리고 앉아 있었고, 바닥은 빗물이 흥건했다. 그의 의식 상태를 확인해 보니 약간의 의식은 느꼈지만, 말조차 못 할 정도로 술에 취해있었고, 고통스러워했다. 그런 그를 일으켜 세우려 했지만, 혼자서는 감당하기가 버거웠다. 일어서 보라고 다그치기도 하고, 집이 어디냐고 물어보았으나 대답조차 하지 않았고, 심지어 몸을 가누지도 못했다.

스스로 일어서겠다는 의지가 없는 사람을 부축하는 건 버거운 일이다. 술에 취한 그도, 일으켜 세우려는 나도 힘들다. 윗옷과 청바지에는 그가 토한 것으로 보이는 오물이 잔뜩 묻어 있었으며, 옆에는 토사한 음식들이 널브러져 있었다. 시간이 갈수록 그는 벌벌 떨기까지 했다. 마침 지나가던 사람이 신고해 준 것이 그나마 다행이었다.

그에게 집은 어딘지, 왜 여기에 있는지 등 기본적인 내용을 알아내려고 큰 소리를 질러댔지만, 그는 대답이 없었다. 이럴 경우 그에게 더 이상의 질문은 무의미한 일이다. 할 수 없이 호주머니 속의 지갑에서 신분증을 꺼내 보았다. 가까운 곳에 그의 집이 있었다. 이런 상태가 되도록 술을 마시고도 집 근처까지 잘 찾아온 것을 보면 정신은 괜찮은 것 같았다.

신분증을 확인해 보니 바로 옆 빌라의 옥탑이 그의 주소지였다. 동료 직원과 함께 그의 집으로 향했다. 그의 몸이 왜 그렇게도 무거운지 힘 빠진 상태로 널브러진 남자를 끌고 간다는 표현이 더 어울릴 것 같았다. 5층까지 계단으로 오르려니 땀과 빗물이 섞여 뒤범벅되었다.

드디어 옥탑방의 벨을 눌렀다. 잠을 자던 그의 어머니는 아들을 보더니 깜짝 놀란 표정이다. 일단 보호자를 찾아서 반갑기도 했지만, 어머니에게 따지듯 물었다.

"아들이 왜 이렇게 술을 많이 마시고 다녀요?"

그의 어머니는 우리에게 연신 "미안하고 고맙다"라며 안절부절 못했다. 그러고는 그가 무척 외롭게 생활하고 있는 '농아(聾啞)'란 다. 농아(聾啞)인 그에게 사정도 모른 채 정상인에게 하듯 전화번호 와 집 주소를 물어댔으니 정말 어처구니없는 행동을 한 것이었다.

누구든 술을 좋아하면 당연히 마실 수 있다. 농아라고 술 마시지 말라는 법은 없다. 하지만 술에 취해 쓰러지면 정상인보다 사고의 위험이 더 크고 자칫 안타까운 일이 발생할 수 있다. 어떻게 한잔 술이 외로움을 달랠 수 있단 말인가. 술은 적당히 즐길 정도로만 마셔야지, 집을 찾아가지 못할 정도로 많이 마신 취객들을 보면 정 말 안타깝다.

오늘의 농아 취객 사건은 나의 선입견과 고정 관념이 얼마나 어 리석은 건지 반성하는 계기가 되었다. 하지만 날마다 반복되는 112 신고 처리가 고된 업무 중 하나지만 취객들을 귀가시키는 등 지역 민에게 좋은 일을 한 것이니 작은 행복을 느낀다. 오늘처럼 봄비가 내리는 날은 더 그렇다. 술에 취해 쓰러진 취객에게도 사랑하는 가 족이 기다리고 있다는 것을 생각하면 내 일에 자부심과 보람을 느 낀다.

행복한 일상을 꿈꾸며

　시간은 바람처럼 스치며 오갔고 계절은 잠시 머물다 떠나갔다. 꿈결 같은 봄을 늘 축제처럼 맞이하며 안주하고 싶었지만, 어김없이 비바람에 미끄러지듯 사라져 갔다. 특별히 잡은 것도 없지만, 그렇다고 놓친 것도 없는 평범한 일상이다. 한때는 사람이 좋아 수십 년 넘게 좋은 관계를 유지하며 세월을 보냈다. 그 시간은 추억이었으며, 나름대로 내가 선택한 유일한 길이었다. 하지만 끊임없는 생각 하나가 머리를 맴돌며 떠날 줄 몰랐다.

　"어떻게 하면 행복한 일상을 꿈꾸며 살 수 있을까?"

　예컨대 남을 미워하지 않고 사랑하는 사람은 행복하다. 아인슈타인은 '남을 위해 사는 삶이야말로 가장 가치 있는 삶이다.'라고 했으며, 의사인 슈바이처는 '행복이 뭐냐고? 그건 건강과 망각이다.'라고 말했다. 이는 아무리 돈이 많아도 건강을 잃으면 소용이 없으며, 과거의 원한과 실수와 불행을 잊지 않는다면 결코 행복해

질 수 없다는 말이다. 그런 의미에서 망각은 축복이고 행복이다.

　요즘 우리 사회는 내가 하면 로맨스, 남이 하면 불륜이라는 현상이 편만(遍滿)해서 늘 남을 비난하며 용서하는 데 인색하다. 또한 다른 사람의 단점을 파헤치는데 더 쾌감을 느끼고, 다른 사람이 행복하면 배부터 아픈 사람이 있다.

　어느 시인은 '행복의 비결은 남을 질투하지 않으면서 동경하는 것'이라고 말했다. 소소하고 사소한 일들로 일상은 이루어지고, 사람다움도 만들어지는 것 아닌가. 행복한 일상을 꿈꾸며 사는 것은 어쩌면 가랑비 같은 속삭임일 수도 있다. 하지만 그 속엔 내 젊은 날의 빗소리가 들어 있고, 생애 가장 황홀했던 저녁노을도 있다.

　겹겹이 늘어서 있는 크고 작은 산맥과 같은 연이은 세월, 그 한편에 자리 잡은 삶의 조각들, 그렇게 만났다가 언젠가 헤어져야 하는 인연들과 함께 살 수 있는 시간은 길지 않다. 그래서 이 순간도 설렘이 듬뿍 담긴 행복한 일상을 꿈꾸며 살아간다. 이게 바로 우리가 꿈꾸는 진정한 삶이 아닐까.

(중부일보 2021. 7. 27.)

현장에서 본 안타까운 사연

눈에 보이지 않은 것들의 중요성을 많이 생각하는 새벽 현장, 이 곳은 바닷가라서 그런지 수시로 비가 내린다. 새벽에 내리는 비는 더욱더 처량하게 느껴진다. 자정을 넘어 새벽으로 건너가는 이 시각까지도 비는 그치지 않는다

욕심을 줄이고 마음을 낮추면서 좋은 마음, 좋은 생각으로 살자고 매번 다짐하지만, 어리석은 마음 자락은 지역민들을 생각하면 자꾸만 출렁거리면서 이리저리 흔들리고 있다. 농사철에 힘들게 일하는 주민들이 술 한잔할 수도 있는 거라면서 될 수 있으면 처벌보다는 예방 위주로 근무했으면 좋겠다는 퇴직한 선배의 충고도 생각난다. 하지만 현장 경찰 책임자며 법 집행자로서 사건을 접할 때면 늘 마음이 아프다.

새벽 2시, 교차로에서 교통사고 예방 활동 중인 순찰차의 무전기 소리마저도 들리지 않고 사위는 고요하다. 유난히 정적만 흐르

고 있는데 갑자기 검은색 중형차량이 교차로에서 정지신호(적색신호)를 무시하고 그대로 직진하더니 경적을 울리며 나 잡아보라는 식으로 계속 도주하고 있다. 경찰차는 사이렌을 울리고 경고 방송을 하면서 검은색 차량을 추격했다. 꼬불꼬불한 시골길은 마주오는 차량이 있으면 교통사고가 발생하기 십상이다. 그날은 차량이 없어 다행이었지만, 두 번째 교차로에서 신호가 정지신호인데도 검은색 차량은 그대로 직진했다.

도주하는 차량 때문에 자칫 잘못했다간 교통사고가 발생할 우려가 있기에 잠시 숨을 고르고 차량번호를 조회하여 차주의 주거지를 파악하고, 주변의 순찰차에 연락하여 미리 주거지 옆에서 잠복근무토록 지시하고, 도주차량에 대해서는 경고 차원을 넘어 검거작전으로 전환, 경광등을 끄고 도주차량을 계속 쫓아갔다. 교차로에서 신호가 직진으로 바뀌었지만, 검은색 차량은 보이지 않고, 비는 세차게 바람까지 동반하여 근무자를 괴롭혔다.

마침 커브 길을 돌아서는 순간, 검은색 차량이 지그재그로 서행하고 있는걸 보니 어찌나 반가운지 시야에서 벗어나지 않을 정도로만 간격을 유지하면서 차량을 주시했다. 검은색 차량의 속도는 늘어나고 중앙선을 넘나드는 위험한 질주가 계속되고 있었다. 새벽길을 마치 경주 차량처럼 급발진, 급제동, 과속 등 쾌감을 즐기는 것 같았다.

주거지 쪽으로 향해 가는 검은색 차량 후미를 발견하고 주거지 주변에 잠복해 있는 순찰차에 알렸다. 우리 순찰차는 지름길을 통하여 후미에서 검은색 차량을 차단하고, 전방에서는 잠복해 있던 경찰관이 차량을 검문했다. 이곳 시골길을 완벽하게 알고 있는 경찰관의 지혜가 번뜩이는 순간이었다. 거주지 앞에서 곧바로 검거되자 차량의 운전자는 저항도 못 하고 허둥대며 경찰관을 향해 빈정대기만 했다. 검은색 차량에는 남자 2명과 여자 1명이 승차하고 있었다. 먼저 경찰관이 다가가서 운전자에게 질문했다.

"교차로에서 신호 위반하셨지요?"

"안 했어요. 증거 있어요?"

라며 큰소리로 빈정거리자, 경찰관은 동영상을 보여 주며 다시 추궁하자 운전자는 아무 말도 못 했고 동승했던 여자만 '에잇 재수 없다'라고 앙칼진 목소리로 짜증 냈다. 경찰관은 동승자에게도 운전했던 상황을 조목조목 설명하고 먼저 음주 감지기를 사용하여 운전자의 음주 여부를 확인했는데, 감지기에서 요란한 소리가 울렸다.

"오늘 술 몇 잔 안 했는데 이거 고장 난 것 아니냐?"며 운전자가 도리어 큰소리를 쳤다.

"경찰들 어디서 오셨어?"

운전했던 남자가 문신을 한 손으로 손가락질까지 하면서 시비조로 질문했지만, 경찰관은 소속과 성명을 명확하게 답변했다. 그러자 이번에는 운전자의 동료가 큰 소리로

"음주 운전으로 우리를 단속하는 거야?"

"내 지역에서 이거 뭐 하는 짓들이야?"

경찰관은 그들이 어떤 말을 하든 묵묵히 공무에만 집중했고, 그들은 결국 빈정거리면서 음주 측정까지 거부했기에 즉시 현행범으로 체포되었다.

한가득 움켜쥐었나 싶으면 손가락 사이로 스르륵 빠져나가는 모래알처럼 시간은 무심히 흐른다. 문 앞에 서서 문득 시계를 들여다보니 긴 초침이 벌써 새벽 4시 중반을 넘어가고 있다. '내 지역에서 이거 뭐 하는 짓들이냐?'며 큰소리치던 그들에게는 또 하나의 안타까운 사연이 생겼다. 잠시 후, 날이 밝으면 그들의 부모와 친척 및 지역유지들까지 몰려와 음주 사건을 해결해 보려고 노력하겠지만, 이미 음주 운전 사건은 우리 손을 떠났다. 참으로 안타까운 일이 아닐 수 없다.

3 ― 치유의 숲

해발 700M 다양한 숲길을 따라
솔잎 향기 그윽한 한줄기 솔바람이 깊은 계곡에서 끊일 듯 이어지더니,
어느새 맑은 시냇물처럼 마음을 순화(醇化)했고,
보이는 것보다 보이지 않는 것이 상위개념이라는 것을
아무도 모르게 가르쳐 주었다.
치유의 숲 길을 걸으니 무뎌졌던 오감을 일제히 깨워지는 것 같았다.
하늘을 향해 쭉쭉 솟은 나무숲의 풍광에 탄성이 터져 나왔다.
가꾸는 이의 노력으로 나무와 풀들이 자라서 숲을 이루는 줄로만 알았는데,
하늘에 순응하는 자정능력으로 대자연이 유지되고 있음을 새삼 느꼈다.
－본문 중에서

외로움의 길 끝에서

그가 히말라야 거친 길을 가겠다고 했다. 잘나가던 그가 스스로 고통의 길을 떠난다고 했을 때만 해도 허영심 섞인 호기 정도로 여겼다.

그는 책에서 평생 흘릴 눈물을 히말라야 길 위에 다 쏟아놓고 왔다면서 마지막 한걸음은 혼자서 가야 한다고 했다. 어째서 마지막 한 걸음만 혼자서 가는 것일까.

그의 책을 덮고 그의 생각과 대화하기 위해 무심코 밖으로 나왔다. 그리고 홀연히 운길산으로 향했다. 그가 흘렸던 눈물과 고통의 길까지는 아니더라도, 산길 위에는 무엇이 있는지, 나도 삶을 돌아볼 수 있을까 싶었다. 운길산 봉우리를 넘고 또 넘어 예봉산의 정상에 올랐고 또다시 숲속 길을 걸었다.

아뿔싸 정신을 차리고 보니 사방이 빽빽한 숲속에 홀로 서 있는 것이었다. 그렇게 해가 지고 어둠이 내려오고 있었다.

하늘도 잘 보이지 않을 만큼 웅숭깊고 음침한 숲속, 그것을 인식하는 순간 모든 것은 두려움으로 바뀌었다. 들어갈 땐 외길 같았는데 다시 돌아서 나오려니 여러 갈래 길이었다. 당황이 되면서 허둥지둥 왔던 길을 되짚었으나 찾을 수가 없었다. 길을 가기는 쉬웠으나 왔던 길을 되짚어가는 것은 결코 쉬운 일이 아니었다.

길을 잃고 말았다. 이토록 깊이 올 때까지 그 누구도 나를 불러주지 않았다. 숲길은 안락한 곳이 아니었다. 아무렇게나 들어갔다가 쉬 돌아올 수도, 주저앉을 수도 없는 길인 것을. 어두움이 깊어지는 낯선 숲길을 헤매면서 두려움에 떨었다. 무모한 나 자신의 어리석음을 뼈저리게 후회했다.

나는 늘 혼자 걸었다고 생각했다. 돌아보니 혼자가 아니었다. 욕망과 걸었고, 허영과도 걸었다. 또한 의무감도 함께했다. 도달하기 전까진 절대로 자유로워질 수가 없는 것들과 함께. 하지만 이러한 것들이 지금껏 나를 똑바로 걸을 수 있도록 붙잡아준 지렛대였음을 깨닫는 시간도 되었다.

팽팽한 긴장 속에 살아왔던 34년 경찰 생활이 어쩌면 내 감성을 이토록 경직되게 했나. 비로소 인생은 혼자서 가야 한다는 그의 말에 수긍이 간다. 외로움의 길 끝에서.

(중부일보 2020. 11. 10.)

어느 겨울날

코끝에 닿는 알싸한 바람으로 정신이 바짝 드는 아침이다. 서릿발에 얼어붙은 잔디가 화살촉처럼 은빛 날을 세우고, 앞산의 숲은 고적하게 야위었다. 겨울이면 비로소 드러나는 가난한 숲, 그 성근 가지 사이로 밤이면 별들이 들꽃처럼 피어난다.

겨울은 생명을 잉태하는 자연의 자궁이다. 봄·여름·가을이 살 수 있도록 원동력을 기르고 싹을 틔우는 터전이다. 내가 세상에 처음 온 날에도 밤새 눈이 하얗게 내렸다고 한다. 그래서인가 하얀 눈을 떠올릴 때면 평온함이 몰려오고 가슴 한쪽이 따스해진다.

인생에서도 힘겹고 추운 겨울을 만날 때가 있다. 그때는 지독한 한파 같은 어려움에 부닥치기도 한다. 아무리 혹독한 추위가 몰려와도 꿋꿋하게 선 겨울나무에서 삶의 철학을 깨닫는다. 겨울은 주저앉는 게 아닌 새로운 삶을 준비하고 단련하면서 인내하고 봄을 기다리는 시간이다. 새순을 틔우고, 꽃을 피우는 무성한 여름이 있기에 견딜만한 가치가 있음을 속삭인다.

　이른 아침, 바닷가에 왔다. 해변에서 겨울 칼바람을 감싸안고 걷고 있다. 바다는 제 말을 하고, 나는 내 말을 한다. 그래도 서로가 통하는 지점이 있어 얼음처럼 차가운 그 파도와 그 바람과 그 소리가 아이러니하게도 포근하다. 어디선가 갈매기 소리가 들린다. 외딴섬을 등지고 휘돌아 친 겨울바람이 큰 소리를 내며 자지러진다. 반겨주듯 출렁이는 파도와 바다가 겉으로는 겨울의 멋을 부리지만, 그 안에는 고통에 얽힌 성숙이 있어 겨울은 더 아름다운지 모른다.

　지구 온난화로 인한 기상이변이라며 일기예보는 눈 소식을 야속하게 피해 갔다. 해 질 녘 밖을 보니 그새 겨울비가 내리고 있다. 자박자박 아늑하게 내리는 빗소리의 운율이 음악처럼 감미롭다. 어느 땐 흥겹기도, 슬프기도 한 묘한 외로움의 소리가 귓가를 간질인다. 혼자서 창가에 이마를 대고 떨어지는 빗소리를 듣다가 가만히 악보를 끌어와 「빗방울 전주곡」을 작곡한 쇼팽의 적요(寂寥)함을 상상한다.

　겨울날은 참 쓸쓸하고 고요하다.

(중부일보 2022. 1. 26.)

시골, 외로워도 괜찮아

시골의 봄은 외로움과 고단함을 동반한다.

나도 이때쯤이면 겨울 동안 가슴에 묵직하게 넣어 두었던 삶의 고단함을 하나둘 꺼내어 훌훌 털어버린다.

내가 사는 이곳은 고요하다 못해 적막하고 외롭다. 봄바람에 외롭고 애가 끓고 속이 탄다. 나의 이 외로움은 대화의 궁핍에서 오는지도 모른다. 실낱같은 봄바람 속에 묻어오는 꽃향기에 마음이 설레기도 한다. 흙내와 노을, 바람, 새와 나무, 꽃향기가 좋다 해도 그것에는 지능과 영혼이 없다. 생명의 경이와 자연의 찬연함은 있어도, 언어를 통한 감정의 교류가 없으니 헛헛하다.

숲에 들면 영혼은 맑아져도, 마음은 도리어 외롭다. 사유(思惟)는 깊어지지만 아픔과 기쁨을 공유할 수 없음에 외로움은 짙은 향기로 남아 있다.

외로움은 그리움을 동반한다. 그리움은 정(情)의 울림이고 온기다. 정의 울림과 온기가 생각날 때면 북적이면서 살았던 서울 삶을 그리워한다. 서울의 문화가 그립고, 밤이면 불의 강을 이루는 자동차들의 행렬이 그립다. 그래서 한 달에 서너 번 서울 나들이를 한다. 지인들과 함께 식사하면서 풍성한 이야기꽃을 피운다. 그러고 나면 정체된 일상성에서 오는 지리멸렬함이 말끔하게 사라진다.

지난겨울 모임 참석차 서울 나들이를 다녀왔다. 오랜만에 보고 싶었던 지인도 만나고, 저녁 모임에도 참석했다. 모임에 참석하면 쉽게 자리를 뜰 수 없다. 이런 날의 식사는 얼굴을 가까이 대고 소곤거리며 대화를 주고받는 것이 아니라, 왁자하게 떠들면서 음식은 맛도 모르고 입에 퍼 넣는 자리다. 게다가 어느 모임이든 진행자가 있지만, 약방에 감초처럼 익살스럽게 말 잘하는 사람이 끼게 마련이어서 그의 입담에 홀려 연신 웃음꽃을 터트리게 된다.

도낏자루 썩는 분위기에 휩싸여 시간 가는 줄도 몰랐다. 오늘만은 아무리 흥겨워도 일찍 돌아오라는 아내의 말을 까맣게 잊고 신선놀음을 끝내고 나서야 아차 싶었고, 차에 시동을 걸면서부터 불안은 시작됐다. 더군다나 밖에는 나붓나붓 눈발이 흩날리고 퇴근길 인파로 거리가 넘실거렸다. 화려한 밤거리에 내리는 눈송이가 마치 낙화하는 꽃잎 같았다.

겨우겨우 외곽도로 초입에 들어섰다. 쌓이는 눈으로 이미 차선은 보이지 않았고, 중앙선은 진작부터 없어진 듯싶었다. 낭패감과 두려움이 엄습해 왔다. 혹 운행 중에 졸릴까 봐 가끔 창문을 열고 음악도 틀면서 집으로 향했다.

갑자기 아내한테서 전화가 왔다. "서울은 눈이 오지 않냐, 지금 어디쯤 오고 있냐?"고. 지금 출발해서 가는 중이라고 말하자 아내는 차량 안전 운행을 한 번 더 당부하고 전화를 끊었다. 밤길 운전이 미덥지 않았는지 아내는 이십여 분 간격으로 계속 전화했다. 혹 졸음운전을 할까 봐 걱정돼서 그런다며. 평소 1시간이면 집에 도착하는데 오늘은 30분이나 더 걸려서 돌아왔다.

눈발은 여전히 흩날리는데 하얀 눈으로 쌓인 동네가 멋진 수묵화를 그려놓고 있었다. 내가 안전하게 집에 도착하기까지 아내는 이제나저제나 마음을 졸이고 있었다. 이처럼 나의 안전을 염려하여 애를 태우는 아내가 있음에 행복하다.

시골의 밤은 더 적요하다. 차갑게 빛나는 밤하늘의 별들이 꼭 얼음 조각을 흩어 놓은 것 같다. 어느 땐 무서우리만치 고요하다. 고요 속에서 들려오는 바람 소리, 온갖 새소리, 별과 달이 보내주는 추억의 소리는 시골의 삶을 견디게 하고 헛헛한 마음을 달래주곤 한다. 하지만 자연의 소리에 취할수록 고독감은 한없이 더 깊어진다.

(월간문학 655호, 2023. 9.)

치유의 숲

싱그러운 기운이 충만한 신록의 계절, 백두대간 마루금을 지나고 충청도와 전라도가 만나서 화합하는 백운산 깊은 곳에 자리한 치유의 숲을 찾았다. 산자락에는 수많은 야생화가 피어 있고, 부드러운 산등선을 배경으로 장대한 소나무들이 자연의 균형미로 극치미를 이루고 있었다.

해발 700M 다양한 숲길을 따라 솔잎 향기 그윽한 한줄기 솔바람이 깊은 계곡에서 끊일 듯 이어지더니, 어느새 맑은 시냇물처럼 마음을 순화(醇化)했고, 보이는 것보다 보이지 않는 것이 상위개념이라는 것을 아무도 모르게 가르쳐 주었다.

치유의 숲 길을 걸으니 무뎌졌던 오감이 일제히 깨어나는 것 같았다. 하늘을 향해 쭉쭉 솟은 나무숲의 풍광에 탄성이 터져 나왔다. 가꾸는 이의 노력으로 나무와 풀들이 자라서 숲을 이루는 줄로만 알았는데, 하늘에 순응하는 자정능력으로 대자연이 유지되고 있음을 새삼 느꼈다.

'명상 길'은 치유의 숲길 중에서도 환경이 뛰어났다. 내 속에 깊이 잠든 감성을 마구 흔들어 깨워주었다. 자연의 향기가 나의 몸에 흡수되면서 긴장이 완화되어 면역력은 증진되고, 숨어 있던 몸속 독소를 치유하는 데 크게 유익하다는 명상의 숲길, 빽빽이 들어선 잣나무 숲길에서 뿜어져 나온 피톤치드와 테르펜 향을 가슴 깊이 담았다. 마음의 눈이 열리니 숲은 소리를 키우고 있는 듯 귀까지 열어준다. 새소리, 바람 소리, 물소리는 변조된 하느님의 음성인 듯 느껴졌다. 맑은소리가 곧 숲속의 주인이다.

치유의 숲을 다녀온 지 열흘이 지났을 뿐인데 나는 벌써 가을 여행을 꿈꾼다. 다시 안개처럼 피어오르는 '치유의 숲' 길을 걷고 싶다. 치유의 숲길에서 잠자던 나의 감성들을 깨우고 내 삶에 활력을 불어넣고 싶다.

(중부일보 2022. 6. 28.)

그때 그 시절

　세월의 무상함과 덧없음을 확인해 볼 수 있는 것 하나가 학창 시절 찍어놓았던 사진이다. 사람이든 자연이든 본연의 모습을 유지하면서 산다는 것이 쉽지 않다. 또한, 이물질의 침해를 받지 않고 변이되지 않은 원초의 모습으로 살아가는 것도 어려운 일이다. 하지만 같은 정서와 공감을 갖게 되면, 서로의 신뢰는 쌓여가고 삶은 더 풍요로워진다. 그동안 우리는 서로 학창 시절의 정서를 공감하면서 추억을 먹고 살아왔다. 그러다 보니 문득 49년 전 그때 그 시절이 그립다.

　싱싱하고 팔팔하며 질풍노도와 같았던 1975년 6월, 국립○○기계공고 기초실습 과정인 다듬질 가공을 끝내고, 각기 적성에 맞는 과를 선택하기 위하여 학과 소개를 하는 시간이 있었다. 먼저 배관과는 배관, 용접, 판금 작업으로 쇠를 변형시키며, 양철판을 가공하여 작품을 만드는 쇠의 마술사라 칭했고, 거시적인 가공작업이라고 설명했다. 기계과는 다듬질 정밀가공, 선반 원통 작업, 밀링 머신의 평면작업을 하는 미시적인 정밀가공이라고 설명했다. 그날 아무런 질문 없이 배관과를 선택했다.

배관과는 쇠와 쇠를 녹이거나 음양을 교합하여 녹여 붙이는 용접, 파이프를 굽히고 잘라 서로 교감을 가질 수 있도록 연결하는 배관, 금속판을 소재로 하여 구부린다거나 접합한다든가, 때로는 구멍을 뚫고 절단해서 자기가 원하는 물품을 만드는 작업을 판금이라 하며 이런 모든 작업을 통틀어서 배관과라 칭했다.

배관과는 다른 과에 비해서 인원도 적었지만, 그해 가을 학교가 생긴 이래 처음으로 개최한 전교생 종합체육대회에서 작은 인원(기계과 5개 반 300명 전기과 2개 반 120명, 배관과 2개 반 120명)으로 종합우승과 각 종목우승을 휩쓸었다. 그 후 학교행사마다 배관과는 두각을 나타내며 훌륭한 전통을 이어갔다.

청소년이던 우리는 실습장과 기숙사에서 그 비릿한 몸뚱이를 서로 비비고, 울고 웃으며 삼 년이란 세월을 보냈다. 거칠 것이 없던 우리는 용접 가스에 취하고 파이프와 양철판에 따뜻한 정(情)이 흠뻑 젖어 들 무렵, 제법 단단한 장딴지를 드러내는 청년이 되어 토종벌처럼 전국 각지의 기업에 취업하여 현장으로 흩어졌다. 그곳에서도 역시 우리는 앞만 보며 열심히 살았다.

처음 학교에 입학하면서 맹세한 각오가 무엇이었던가. 다시는 지게를 지지 않으리라고 굳게 다짐하지 않았던가. 지긋지긋한 가난의 굴레를 내 손으로 끊고 싶은 마음이 간절했다. 당시 아버지가 만드신 삶의 패러다임을 송두리째 바꾸고 싶었다. 그래서 더할 나위 없이 열심히 일했다. 지금까지도 배관, 용접, 판금으로 삶을 이어가는 친구도 많지만, 서로 삶의 방향과 목표는 달랐기에 학교에서의 배움과 무관하게 또 다른 길을 걷는 친구도 있었다. 나 역시 국립○○기계공고의 학업과는 전혀 다른 현장 경찰관으로 34년 동안 근무하며 동떨어진 생활을 했다.

멋진 인생이라고 생각해봤자 별것도 아니었다. 살아오면서 인생을 뒤돌아보니 그저 몸 건강하고 자주 웃는 게 좋은 인생이었다. 그동안 사회 각 분야에서 수없이 많은 몸부림을 치며 살아온 우리는 어느덧 가장이 되었다. 서로 꿈꾸던 삶의 모습을 완벽하게 갖추진 못했지만, 그래도 이제는 살만한 처지가 되었다.

부모님 돌아가시고, 애들도 대학까지는 마쳤으니, 어지간하게 컸다고나 할까. 중년이 무르익어 갈 무렵, 순천에서 반창회가 있어 전국 각지에 있는 친구들이 모이는 계기가 되었다. 평생을 그리워하면서도 만나서 살지 못하는 것이 첫사랑 아니던가.

인고의 세월을 짊어지고 전국 각지에서 오랜만에 친구들이 모여들었다. 서로 다른 절박함으로 치열한 삶을 살았던 친구들, 단박에 경계는 무너졌으며, 감동의 물결은 일렁였다. 나도 그 파동에 이루 헤아릴 수 없이 흠뻑 젖었다. 해외여행도 함께하면서 좋은 시간을 보냈다. 요즘 단톡방을 흔드는 소식으로는 전남 완도군 청산면이 고향인 친구의 초대로 청산도 여행을 하자고 들썩인다. 벌써 여행 계획은 단톡방에 올라와 있고 경남 창원 등 전국에서 친구들이 모인다고 흥분에 젖어 있다.

고교 졸업 후 사십여 년이 흐른 지금, 익숙한 곳에서 발견할 수 없는 것들을 보게 될 것 같아 하루하루가 새롭게 기대된다. 사람의 인정이 가득한 청산도에서 쇠의 마술사들이 모여 삶의 뜨거웠던 추억을 조곤조곤 버무려 먹으면서 한 잔의 술을 건네고, 의자 하나 슬그머니 밀어 내주는 그날을 기대한다. 살면서 가슴이 설레는 아침을 맞이할 수 있다면 이보다 더 큰 행복이 또 어디에 있겠는가.

느리게 또 느리게

고교 졸업 후 44년 만에 친구들과 함께 청산도 여행을 떠났다. 친구들 모두 바쁜 일정에도 불구하고 함께했다.

근사하게 늙어가면서도 이따금 사는 게 버거워서 세월이 빨리 갔으면 좋겠다는 친구도 있었고, 삶에 대한 풍요를 누릴 나이가 되어 한숨 돌릴 시간이지만, 자식들 결혼, 손자 양육에 남은 열정을 쏟아붓고 있는 친구, 무르익은 모습으로 이제야 하늘을 봤다며, 어느 순간부터인가 걷잡을 수 없는 마음이 아픈 추억으로 한꺼번에 밀려와 힘든 친구도 있었다. 이제 남은 생은 온전히 자신을 위한 삶을 살고 싶다는 친구들 푸념 속에 그 어느 쪽에 속해 있지도 못하는 나는 어정쩡한 지점이니 막막했다.

청산도의 첫날밤은 자유로웠다. 시끄럽게 슬리퍼를 질질 끌고 다녔고 겅중겅중 뛰어도 다녔다. 친구들과 함께 큰소리를 치면서 고스톱을 즐겼지만, 이웃의 눈치 볼 일은 전혀 없었다. 늘 눈치만 보면서 살던 아파트 생활을 벗어나 긴장이 모두 풀어진 것일까.

새벽에 뒷산에서 새소리가 들려왔다. 잠결에 듣는 새소리는 우리를 환영하는 것처럼 느껴졌다. 창문을 여니 언덕배기를 넘어서 불어오는 산바람도 신선했다. 모두 서둘러서 청산도의 신선한 아침 일출을 감상했다. 가족의 행복과 축복을 기원했고, 바닷길을 걸으면서 오직 나만의 시간에 빠지기도 했다. 그러나 그것은 잠깐의 즐거움이었고, 싱거운 재미에 그치고 말았다. 내 안의 막막함은 점점 넓은 바다로 흘러가면서 먼저 떠난 친구를 생각하게 되었다.

사람은 사람과의 관계 속에서 희로애락을 경험한다. 나 또한 무수한 사람과 관계를 맺으며 여기까지 왔다. 그런데 다시 보고 싶거나 그리운 이는 많지 않다. 하지만, 오늘은 유독 한 친구가 보고 싶고 그립다.

여행을 출발하기에 앞서 먼저 세상을 떠난 친구 '이형복'이다. 친구는 정말 인간다운 품성을 지닌 친구였다. 고매한 인품에서 깊은 말과 행동이 나온다고 했던가. 고교 졸업 후, 삼성중공업 현장에서도 시대를 앞서가는 이상을 펼쳤고, 화제에 오르는 사회현상을 두고 갑론을박 치열했지만, 그는 부정적이거나 거슬리는 말은 하지 않았다. 낙천적이며 생글거리던 그가 어느 날부터인가 생기를 잃어갔다. 날이 갈수록 말이 줄어들었고 어둠이 짙어진 것 같았다. 무슨 낌새를 알려 해도 친구는 입을 다물었다.

1983년 5월 초순쯤, 내 마음의 고향인 흑산도 성당에 찾아와서 얼마나 놀랐던가. 친구는 좋은 품성을 지녔기에 신은 외면하지 않았던 것 같다. 내가 흑산도를 떠난 후, 서울에서 근무할 당시 환한 모습으로 다시 나타났다.

학교 졸업 후 40여 년이 흐르는 동안 우린 서로 멀리 떨어져 있었지만, 이메일과 안부 전화로 끈을 이어갔었는데, 오늘은 얼굴을 볼 수 없다. 친구를 불러 밤새워 밀린 사연 풀면서 즐기고 싶은데 대답이 없다. 이번 여행에 함께하지 못한 친구들의 목소리를 듣고 싶은데 가슴만 울렁인다.

여행을 다녀오고 글을 쓴다는 것은 눈에 보이는 것들과 우연한 마주침이며, 그 마주침 속에서 삶의 의미와 가치를 발견하는 것은 즐거운 일이다. 좀 더 솔직하게 말하자면, 살아가면서 내 삶의 흔적을 한 줄 정도는 남기고 싶은 마음에 글을 쓰고 있는지도 모르겠다. 훗날 내가 이 세상에서 지워진다고 해도 손자들이 우리 할아버지는 수필작가였다는 사실을 기억해 준다면 더없이 행복하지 않겠나.

청산도를 다녀온 지도 일주일이 지났다. 청산도에서 느긋하게 삶의 여유를 함께 맛보았던 친구들을 생각하면서 짧은 글이라도 남겨야 속이 시원할 것 같아 이른 새벽에 눈 뜨자마자 글을 쓴다. 지난날 진실했던 친구와의 추억을 되새기며 이제부터는 청산도에서의 '느리게 또 느리게'를 실천하면서 여생을 살고 싶다.

세월

참으로 먼 길이었다. 46년이란 세월이 흘렀으니 말이다. 오랫동안 무심하게 살아온 세월 앞에서 발이 저리고 가슴이 뛰어서다. 걸음도 무거워 초겨울 햇살이 역광으로 비추는 교문 앞에서 선뜻 발을 들여놓지 못하고 한참을 서 있었다. 사는 것이 별것도 아닌 것을 자그마치 46년이란 긴 세월을 건너 찾아왔으니, 학교도 스치는 사람들도 하나같이 낯설었다.

모두가 세월 때문이었다. 숨을 한번 크게 내쉬고 '기술인은 조국 근대화의 기수'라는 탑을 보며, 책가방을 들고 등교했던 교실 앞으로 갔다. 창가에 비친 내 모습은 반백이 성성하였고, 이마와 눈가에는 주름살을 훈장처럼 달고 서 있었다. 함께 학교에 다녔던 친구들을 길에서 정면으로 마주치거나, 멱살잡이해도 생판 알아볼 수 없는 얼굴이 되어 당황스러웠다.

1975년 3월, 국립○○기계공고에 입학했다. 당시 선생님께서는 집안 형편상 입학할 수밖에 없는 나를 직접 교무실로 불러 위로하듯 말했다.

"국가에서 처음 세운 학교라 고생스럽겠지만 너한테 꼭 맞는 학교다. 3년 동안 수업료도 면제이고, 전국의 수재들이 다 모인다는 학교라서 괜찮을 것 같아 추천했으니 그리 알라."

"선생님 저…. 저는 수재가 아닌데요."

그러자 담임선생님은 인상을 찌푸렸고, 옆에 있던 다른 선생님은 놀라서 눈치를 주었다. 그래서 잠깐 선생님의 표정을 살피다가 냉큼 밖으로 나왔다. 소박하고 순진한 꿈을 가진 나에 대한 가족들의 자부심이 강했고, 시골 동네의 자랑거리였다. 나와 함께 입학했던 친구들 모두 중학교에선 매우 우수한 성적으로 중학교를 졸업한 수재들이었다. 당시 인근 지역에선 국립○○기계공고 입학은 큰 자랑거리였다. 특히 동네에서 이장하던 아저씨는 이런 말로 자랑을 했다.

"김씨 가문에 종걸이가 국립○○기계공고에 갔대. 그 학교는 대통령 각하께서 만든 학교라는구먼. 김씨 집안에 인물 났어. 이제 잘살게 됐네. 종걸이가 졸업만 해봐. 돈 많이 벌어 올 텐데, 무슨 걱정이 있겠나."

하지만 동창 중에는 형이나 누나의 대학교 등록금 때문에 어쩔 수 없이 우리 학교를 선택한 친구도 있었고, 부친의 사업 실패 등 갖가지 사연들을 안고 입학했던 친구도 있었다. 그렇게 꿈과 희망을 품고 입학한 지 49년이라는 긴 세월이 흘렀다. 참 빠르다. 눈 한 번 질끈 감았다 뜬 거 같은데, 세월은 훌쩍 지나갔다. 시간은 쇠털같이 많다는 말도 다 허튼소리다. 아직 삼분의 일도 못 산 거 같은데 구렁이 담 넘듯 육십 고개를 훌쩍 넘겼으니 말이다.

교문을 지나 배관과 실습장을 거쳐 처음 작업복을 착용하고 공부했던 기초실습장을 찾아보았으나 그 건물은 보이지 않았다. 당시 실습장에서 줄(File)을 잡고 엉덩이를 앞뒤로 흔들며 마치 군대 훈련병처럼 열심히 줄을 갈았다. 이러한 실습은 기초직업훈련 과정을 의미하는 것으로 무려 6개월 동안이나 계속되었다. 참으로 생소하고 신기했다. 그리고 당황스러웠다.

시골에서 낫으로 나무하고, 도끼로 나무 패고, 망치로 못 박는 일과 호미·괭이·삽 등 농기구는 자주 사용해 봤지만, 쇠톱, 줄(File)은 처음 사용해 보는 것이라 어쩔 줄 몰랐다. 하지만 시간이 흐르다 보니 어느새 줄(File)을 이용하여 사각형, 삼각형, 오각형 등 다양한 형태의 조각품을 만들 수 있도록 손 감각은 극대화되었다. 하지만 늘 열심히 하면서도 실습실 밖으로 나오면 나도 모르게 혼잣말로 투덜거렸다.

"에잇, 내가 꼭 이걸 해야만 하나? 이렇게 해야 조국 근대화의 기수가 될 수 있단 말인가."

벌써 학교 졸업 후, 만 46년이란 세월이 흘렀다. 지구가 마흔여섯 번을 공전하는 기간은 그렇게도 아득했고 무정했다. 게다가 오래된 교정을 품고 있는 대운동장의 정경들은 왠지 더 새로웠다. 교련 시간이면 언제나 목총을 들고 각종 훈련과 총검술을 익히던 곳이라 그런지 더 정겨웠다.

어느덧 해가 기울면서 서릿바람에 어지러이 흩날리는 낙엽은 갑자기 몰아친 회오리바람에 말려 도르르 치솟다가 흩어졌다. 한참 동안 운동장을 보고 있노라니, 당시 교련 수업을 마치고 나무 밑에서 쉬던 생각이 났다. 그때는 사열 연습을 참 많이도 했고, 의장대 출신 선생님이 계셔서 목총을 돌리는 것을 수시로 배웠다. 마치 중요 행사처럼 줄을 맞추어 목총을 돌리며 걷는 모습은 흡사 군 의장대나 다름없었다.

그동안의 아쉬운 기억을 뒤로하고 미끄러지듯 운동장을 빠져나오면서 돌아다본 텅 빈 교정의 적막한 풍경은 이상하게도 정지된 화면처럼 오래도록 마음이 떠나지 않았다. 앞으로 20년쯤 지나면 가끔 지하 명부에 전입하는 이들도 생겨날 것이고, 지상에 남아 있는 자들은 더 늙고 병들어 갈 것이다. 그때가 되면 추억이란 이름으로 이곳 국립○○기계공고를 그리워하게 될 것 같다.

삶의 행간 행간에 국립○○기계공고를 그리워할 수 있는 날이 있다는 것은 얼마나 기분 좋은 일인가. 이마와 눈가에는 주름살을 훈장처럼 달고 살지만, 세월이 남기고 간 흔적이라 그리 부끄럽게 여기지 않는다. 누구에게나 세월은 어김없이 흐르고 또 흐르는 것이기에.

울어도 괜찮아

어느 봄날, 늘 함께 잘 지내던 친구가 소주 한잔하자며 퇴근길에
불쑥 찾아왔다. 눈빛이 심상찮다. 커다란 눈에서 금방이라도 눈물
이 뚝뚝 떨어질 것 같았다. 살다 보면 울고 싶을 때가 어디 한두
번이랴. 말없이 내민 술잔을 숨도 안 쉬고 계속 들이켰다. 정년퇴
직 후, 또 다른 곳에서 업무를 감당하는 게 힘에 부쳤던 모양이다.
때로는 가장 힘이 되어주어야 할 주변 사람이 가장 어려운 관계가
되었다면 그럴 수도 있지 않겠나. 직무보다 사람이 더 힘든 게 사
회생활인데. 이럴 땐 그저 묵묵히 고개를 끄덕여 주고, 경청(傾聽)
하는 것으로 위로할 수밖에.

노년의 입구에 서게 되면 슬슬 외로움이 커져가는 시기라 여러
생각이 들 수밖에 없다. 늘 이때쯤이면 허망함이나 고독이란 단어
가 입가에 맴돈다. 친구와 나는 이제 막 노년의 입구에 도착했으므
로 다시 시작하지 않으면 안 되는 책임과 의무의 항목이 빼곡한 후

반기 인생 설계표를 새로 짜야 한다. 전에는 경륜과 기동력으로 경제활동의 가장 활발한 주체가 되었고, 사회경제의 중추적 역할을 담당했던 경험 또한 누구도 무시할 수 없다. 또한 근무하던 직장에서는 실무책임이 가장 큰 부서장 역할도 했다.

그동안 살아오면서 사회구성원으로서 무난하게 모든 책임을 완수했다. 그러기에 이제 쉴 나이도 되었다. 하지만 남한테는 한없이 관대하고 자신한테는 더욱 엄격해야 하는 것이 노년의 삶 아니던가. 모든 책임과 의무에서 벗어날 시기가 되었건만, 그래도 낡은 의복처럼 헐렁해진 배우자와의 거리를 시시때때로 죄어줄 방편까지 덤으로 마련해야 하는 의무감은 여전히 남아 있다.

어느 날, 거울 앞에서 문득 만나버린 흰 머리카락, 듬성듬성한 머리숱, 마사지로도 더 이상 팽팽해지지 않는 탄력 잃은 피부를 보면 나도 모르게 건강용품 광고에 자꾸만 눈길이 간다. 인정하고 싶지 않지만, 이미 가슴까지 파고든 허전함은 어쩔 수가 없다.

노년에 멋지게 산다는 것, 그것은 '살아가는 것이 아니라 살아내야 하는 것'일 때가 많다. 더욱이 열광하며 신명 날 일도, 가슴 뜨거울 일도 없다 보니 더 그렇지 않을까.

친구는 펑펑 울면서 자신은 정말 슬프다고 했다. 왜 사는지 모르겠단다. 앞만 보고 달려온 세월이 너무나도 무의미하게 느껴진단다. 어깨를 짓누르는 책임감을 집어던지고 무언가 새로운 일을 저질러 보고 싶단다. 익명의 자유로움을 마음껏 누릴 수 있는 사이버 세계에서 실명으로는 할 수 없는 내면의 소리를 진솔하게 뱉어내고 싶다고 말했다. 하지만 사이버 세계만 벗어나면 단숨에 현실로 돌아와 말짱한 얼굴을 하고 일상으로 복귀하고 싶은 마음은 여전하다면서 그동안 닫아둔 가슴까지 완전히 돌아온 것은 아니란다.

친구는 사회적인 책임과 인간의 원초적 자유 본능 사이에서 방황하는 것처럼 보였지만, 여전히 몸과 마음이 풍요로운 삶을 살고 싶은 욕망이 가득해 보였다. 친구는 지식과 교양을 갖춘 남자로 살아가고 싶다면서 계속 울음을 멈추지 않았다. 인간의 본능인 지적 욕구와 배움에 대한 열망은 나이와 상관없고, 폭 넓은 지혜와 현명함의 혜안을 가진다면 더 바랄 게 없겠지만, 앞으로는 하나의 티끌도 소중히 여기는 삶을 살고 싶단다.

점점 시간이 흐르고 벌써 한 시간이 지났다. 밤새도록 끝이 날 것 같지 않던 친구의 울음은 다행스럽게도 마지막 소주잔을 비우면서 웃었다.

울음의 끝이 웃음으로 변한 시간이었다. 그러고는 손을 번쩍 들어 작별 인사를 건넸다. 그 뒷모습이 어찌 그리도 크고 멋져 보이던지, 나도 손을 들어 헤어짐의 아쉬움을 뒤로했다.

(2023. 06.)

그리운 능지울

이른 아침, 잠에서 깨어나 창문을 연다. 신선한 공기를 폐부 깊
숙이 들이마시며 오늘도 살아 있음에 감사한다. 신선함은 곧 내 고
향과 통하기에 이 순간 능지울이 생각나곤 한다. 고향은 누구에게
나 그리운 곳이다. 나 역시 능지울에 대한 그리움은 유별나다. 내
인생에서 가장 순수하고 속이 깊은 유년 시절의 추억이 있는 곳이
어서 능지울은 내 마음의 고향이다.

내 유년의 삶이 그대로 간직된 향수 어린 능지울, 눈을 감으면
유년 시절이 어제 일같이 떠오른다. 계절 따라 꽃이 피고 지며, 녹
음은 울창하고 오색 단풍에 설경은 얼마나 아름다웠던가. 초가에
기와도 없는 집이 늘어나고 근사한 양옥집도 몇 채 서 있었다. 고
샅길마다 뛰어노는 아이들이 있었고 담 너머 아기 울음도 높았다.
부모님께서는 농사일이 힘겨웠지만 커가는 자녀들을 바라보며 힘
든 줄 몰랐고 활기가 넘쳐 흘렀다. 마을 입구에 자리한 초등학교에

는 늘 3백여 명 이상의 아이들이 꿈을 키워나갔다.

유년 시절, 능지울에서의 삶은 자연의 풍경이 밑그림이 되고 그 위에 색을 덧칠한 수채화 같은 시절이었다. 당시 한여름의 무더위는 어쩔 도리가 없어 몸으로 견뎌낼 수밖에 없었다. 무더위에 땀이 뻘뻘 흐를 때면 무조건 개울가로 달려가서 개구리헤엄을 치면서 물속으로 잠수하여 서 있는 친구의 옷을 잡아당기는 장난도 쳤다. 그러다 보면 어느덧 하루해가 지고 저녁이 되곤 했다. 늦게까지 들일을 하신 부모님과 함께 온 가족이 둘러앉아 저녁밥을 먹는 중에 어느새 사위가 캄캄해진다.

밤이면 마당에 피워놓은 모깃불 주변에 할머니가 펴놓은 멍석에 누워 올려다본 하늘엔 은하수가 흐르고, 수많은 별이 내 이름을 부르는 것처럼 반짝였다. 동네 앞 논에서는 개구리가 온갖 곡조를 다하듯 요란하게 개굴개굴 울었다. 먼 곳에서부터 가까운 곳까지 쉴 사이 없이 들려오는 개구리 울음소리를 자장가 삼아 할머니가 부쳐 주는 부채 바람으로 스르르 잠이 들곤 했다.

엊그제 능지울에 다녀왔다. 동화 같은 내 유년 시절이 그리워서 찾은 능지울이지만 곳곳에 빈집들이 또 늘어났고 적막함만 감돌았다. 젊은이는 몇 안 되고 노인들만이 마을을 지키고 있었다. 텅 비어 가는 마을의 학교는 명맥만이 유지할 뿐이고 학생들의 숫자는 점점 줄어들어 언제 폐교가 될지 분교가 될지 그 미래도 불투명하다.

능지울은 꽃이 피지 않아 버려둔 화원과도 같았다. 더는 농사를 짓지 않고 묵혀두는 밭들은 들판처럼 변해서 논인지 밭인지도 구별이 안 되었고, 아예 경계조차 허물어진 곳도 많았다. 이것은 산과 밭둑이 무너진 것이 아니라 그곳에 남아 있는 사람들의 삶이 허물어진 것이다.

사람이 떠나간 빈집의 마당에 제일 먼저 자리를 잡는 건 한해살이풀들이었다. 좀 더 세월이 흐르면 그다음 순서로 추녀가 무너지고 마당의 사정은 더 고약스럽게 변한다. 그 이듬해부터는 쑥과 여러해살이 잡초가 마당과 화단을 점령해 버리고 금세 개망초 풀밭이 될 것이다. 잡초의 끈질긴 생명력은 참으로 놀랍다.

세월을 이기며 시간의 흐름을 막을 장사가 어디 있겠는가. 능지울에 남은 몇 안 되는 노인들이 돌아가시면 자연히 빈 집도 늘어나니 마음의 안위가 암담하다. 이따금 찾는 능지울에서 늘어나는 빈 집들을 볼 때면 쓸쓸함을 넘어서 내 삶의 한 부분이 허물어지는 느낌이다. 그러나 세월의 흐름을 어찌 거스를 수 있을까.

퇴직하면 나의 유년 시절이 묻혀있는 능지울에서 마음의 안식을 찾을 수 있을 것 같아 작은 꿈 꿨지만, 이런저런 사정으로 실천에 옮기지 못하고 있다. 오늘 밤, 문득 올려다본 밤하늘에 상현달과 희미하게나마 돋아난 몇 개의 별이 아직도 나의 꿈은 유효하다고 위로해 주는 듯하다.

4 ― 봄은 정녕 오고 있는가

어느덧 긴 겨울이 지났으니,

서둘러 꽃이 피는 봄을 마중해야겠다.

남녘에서

매화가 흐드러지게 피어나고 꽃망울을 터트렸다는 소식이다.

우리 사회는 언제쯤 봄소식이 전해지려나.

봄은 정녕 오고 있는지.

팍팍했던 일상에서 봄을 애타게 기다리는 마음이다.

-본문 중에서

촌부의 가을

처서가 지나고부터 한결 서늘해졌건만 한낮의 따가운 햇볕은 은
총으로 느껴진다. 열을 받아 축 늘어진 고추도 불그레 영글어 가
며, 금방 다가올 가을을 맞이할 조짐이다. 들에서는 농민이 밭작물
을 가꾸지만, 자연과 함께하지 않으면 허사가 돼버린다. 농사도 자
연과 인연이 돈독해야 한다는 것은 어쩌면 협치해야만 정국이 잘
돌아가는 정치풍토와 비슷하다.

콩밭에선 콩잎이 황금빛으로 물들어 가고 식물은 노란색으로 변
신을 꾀하기 위해 성장 세포 생성을 차단하며, 몸에 지닌 모든 에
너지를 밖으로 돌린다. 그래야만 결실을 볼 수 있다. 결실은 스스
로 깊어지는 색이다. 그래서 황금빛은 그윽하면서도 쓸쓸하다.

해 질 녘 나간 들길에서 바람결에 황금빛 벼 이삭이 서로 몸을
스치며 내는 나지막한 소리에 걸음을 멈춘다. 미세한 소리라서 귀
를 기울여야만 들을 수 있는 맑고 소슬한 음향이다. 들판엔 사방

어디를 둘러봐도 풍요롭다. 두부모처럼 반듯하게 경지정리가 잘되어 있는 수만 평의 간척지 논에 통통하게 영근 벼 이삭들이 일으키는 파동은 장엄하다. 내가 지은 농사가 아니어도 대견하고 흐뭇해 절로 미소를 짓게 된다.

또 하루가 저물었다. 촌부의 가을밤은 무서우리만치 고요하고 쓸쓸하다. 고요함 속에서도 가끔 들려오는 소리는 헛헛한 마음을 달래주는 바람 소리와 벌레들 소리뿐이다. 그 소리는 자연이 만들어낸 소리이기에 시끄럽거나 싫증이 나지 않는다. 촌부는 그 고요함과 쓸쓸함에서 필연을 배운다. 삶과 죽음도 필연이기에.

이른 아침 길을 나서는 촌부에게 길섶에서 오돌오돌 떨고 있는 쑥부쟁이 꽃이 살짝 눈을 흘긴다. 욕심부리지 말라, 마가 낀다. 안달하지 말고 기다려라. 설혹 잘된다고 해도 기고만장하지 말라. 그저 세상살이 넉넉하게 생각해야 편한 법이다. 오늘도 이슬 촉촉한 쑥부쟁이 꽃에 마음을 합장하며 촌부는 가을을 느낀다.

(중부일보 2021. 9. 22.)

뜻밖의 일상

오후 늦게 바닷가에 갔다. 비 온 뒤의 날씨라 그런지 산책하기에
참 좋다. 조용하고 한가하다. 하늘도 보고 멀리 섬도 보면서 걷고
또 걸었다. 잔잔한 파도에 마음을 실어본다. 세월이 흐르든 말든,
높게 낮게 출렁거리는 파도는 내 마음이다.

방파제 말뚝 모퉁이에 기대어 친구가 보내준 카톡을 확인했다.
방탄소년단 성공 신화의 근원은 '분노'라는 제목이 눈길을 끈다.
"대학교 학위 수여식에서 사회에 나와 어떤 길을 선택하든 무수한
부조리와 몰상식이 존재할 텐데, 여러분도 분노하고 맞서 싸우길
당부한다. 그래야 문제가 해결되고 변화한다."라는 내용이다.

카톡 확인을 마치니 갑자기 핸드폰에서 예리한 신호음이 울린
다. 확인하는 순간 나도 모르게 아차 소리가 나왔다. 건전지 수명
이 다됐다는 신호다. 바닷가에 간다는 들뜬 마음에 수선떠느라 건
전지 상태도 확인하지 않은 것이다. 바닷가라서 마땅히 충전할 곳

도 없다. 부질없는 사유(思惟)가 교차한다. 늘 핸드폰을 손에 들고 있으면서도 일상은 끌려다닌다. 언제부터인가, 마치 목줄 맨 강아지 같은 신세로 살고 있다. 지금의 답답함을 나이 탓으로 돌리자니 자괴감이 스친다. 그런데 왠지 홀가분하다. 핸드폰에서 벗어난 일상, 뜻밖의 꿀맛 같은 자유다.

바닷가 산책길의 저녁노을은 한 폭의 그림이었다. 석양은 내일 뜨는 해를 아무 말 없이 준비하며 희망을 기약한다. 자연현상은 순리의 질서를 호흡하며 자기 자리를 잘 지키면서 본연의 길을 간다.

정작 챙기고 살펴야 할 중요한 일은 깜박깜박 잊어먹기가 예사인 요즘, 집에 도착하자마자 핸드폰 충전 코드를 꽂았다. 드디어 충전이 완료됐다는 표시등이 켜지면서 완전히 재생되었음을 알린다. 언제였느냐는 듯, 감쪽같이 다시 살아났다.

살아난 핸드폰을 보면서 나를 돌아본다. 그동안 방전되고 소모된 내 인생, 충전 후 재생할 수 있는 방법은 또 없을까?

(중부일보 2021. 6. 10.)

짧은 만남, 아름다운 인연

이른 아침, 전화 한 통이 왔다. 저장된 전화가 아니었기에 잠시 망설이다가 받은 수화기 너머로 들려오는 울음 섞인 목소리에 깜짝 놀랐다. 김 교수님이 돌아가셨단다. 나도 모르게 눈물이 흘렀다. 당시 현장 경찰 책임자로 근무하고 있었음에도, 나이며 체면도 잊어버리고 눈물이 쉴새없이 흘렀다. 그만큼 교수님을 떠나보낸 슬픔이 컸기 때문이다. 그 이후에도 교수님이 내 곁을 떠났다는 사실이 좀처럼 믿어지지 않았다.

은사 김 교수님은 '내 운명을 바꾸어 놓은 분'이셨다. 당시 서울 경찰청에서 힘든 직장생활과 대학 공부를 병행하고 있었다. 직장과 공부를 병행하는 건 정말 힘든 일이었다. 현장 경찰인 나는 시위 진압에 동원되는 시간이 많아 대학에 입학하고서도 학업을 거의 포기하고 있었다. 하지만 학교 공부가 힘들어질 때마다 교수님께서는 학업을 포기하지 않도록 충분한 조언으로 용기를 주셨고,

간혹 수업을 듣고서 어려움에 부닥쳐 있을 때마다 해결책을 마련해 주는 등 대학 생활 내내 천사 같은 조력자였다. 수년 동안 현장 경찰로서 주간엔 시위 진압, 야간엔 술에 취한 사람으로 인하여 몸과 마음이 지쳐있었다. 그때마다 은사님께서는 유일하게 나와 함께하셨다.

학교와 직장을 병행하는 동안 교수님을 따로 만날 시간은 거의 없었다. 언젠가 학교 수업이 끝나고 나오면서 교수님께 식사 한번 하자고 제언했지만, 서로 시간이 맞지 않아 식사는커녕 차 한잔할 여유도 내기가 어려웠다. 근무 후 학교에 갔기 때문에, 쉬는 시간엔 졸음을 쫓고자 강의실 밖에서 늘 시간을 보냈다. 우연히 강의실 밖에서 교수님과 함께하는 시간이 있어 무심코 야간에 일어났던 현장 경찰 이야기로 시동을 걸었다. 이야기가 길어졌는데 수업시간이 되어 다음에 하기로 약속했다. 그리고 얼마 후 학교 앞 의자에서 남은 이야기를 했다. 사실 그때는 내가 직장생활에 대하여 회의를 느끼고 사직서를 품고 다니던 시기였다. 말만 번지르르하고 정작 해주는 것이 없는 직장에 대하여 그만두겠다는 넋두리를 포함해서 많은 이야기를 교수님께 늘어놓았다. 문득 시간을 보니 벌써 한 시간이 흘렀다. 비슷한 내용의 반복이었지만, 교수님께서는 꽤 심각한 표정으로 내 이야기를 끝까지 경청해 주셨다.

시간이 흘러 한 학기가 지난 어느 날, 교수님과 함께할 기회가 생겼다. 교수님께서 "직장은 그만두지 않았지요?"라는 말을 시작으로 가정사며 신변 이야기를 질문하셨다. 그래서 솔직하게 지금 사는 곳은 서울이지만, 학교 수업이 끝나면 1시간 걸려 집에 도착하여 다음 날 아침 6시경 출근한다는 사실에 깜짝 놀라면서 그러면 언제 공부하냐며 이것저것 많은 자료를 챙겨주면서 휴일에 공부하라고 하셨다. 그런데 현장 경찰은 휴일이 더 바쁘다는 사실을 모르고 하신 말씀이었다. 교수님과 이야기한지 벌써 한 시간이 흘렀지만, 교수님은 각종 애로사항을 또다시 질문하였고, 나는 지난 시간보다 훨씬 더 세밀하게 답변했다. "얼마나 힘들었으면 하고 싶은 말이 이렇게도 많이 쌓였냐. 아직도 사직서 품에 넣고 다니냐?"며 보자고 하시더니, 사직서를 받자마자 찢어버렸다. 그리고는 '가족을 어떻게 생각하냐?'고 물었다. 이 세상에서 제일 중요하게 생각한다고 말했다. 그러자 교수님께서는 가정의 소중함에 대하여 재차 설명하시면서 "가족을 지키려면 직장은 꼭 필요한 것이라며 함부로 사직서를 낼 생각은 절대 하지 말라. 남자는 항상 가정을 우선 생각해야 한다."라면서 내 손을 꼭 부여잡고 안아주었다. 그날 이후 교수님께서는 졸업할 때까지 여러 차례에 걸쳐 나의 많은 이야기를 들어 주셨다. 교수님을 뵙고 온 날의 업무 일지에 이런 글이 적시되어 있다.

"나는 만나면 힐링이 되는 사람이 있다. 나 자신을 돌아보며 내 처지를 비관하지 않게 되고, 누구도 원망하지 않는다. 늘 어렵고 힘든 내 삶에 큰 용기를 준다. 만날 때마다 내 마음을 다잡게 해주고, 특별히 내게 충고나 조언하지 않는데도 그냥 대화만으로 마음이 편해지는 분이다."

　현장 경찰은 늘 시간에 허덕인다. 그렇게 분주하게 지내던 어느 날, 교수님께서 직접 경찰서로 찾아오셨다. 그동안 대학을 졸업한 후에는 직접 교수님을 뵙고 대화할 시간이 없었기 때문이다. 잠깐 휴게실에서 커피 한 잔을 마신 후 음식을 대접하겠다는 내 말에 흔쾌히 허락해 주시면서 '무슨 일이든 시키는 대로 꼭 해야 한다'라고 하셨다. 당연히 그렇게 하겠다고 말했다. 사실 내가 말하면서도 의아했다. 여태까지 단 한 번도 부탁한 적이 없는 교수님이었기에 더 의문스러웠다. 사건 관련해서 무슨 청탁을 하려는 것일까. 궁금증도 많았지만 일단 식당을 향해 출발했다. 고기 굽는 한정식집으로 안내하자 고기는 잘 안 드신다고 하면서 거부하였고, 일식집으로 안내하자 생선을 좋아하지 않는다면서 또다시 거절하셨다. 그러고는 모처럼 만났는데 간단하게 식사하자며 학창 시절처럼 국밥 한 그릇을 원했다. 참 소박하고 검소한 분이셨다.

　식사를 마치자, 교수님께서 갑자기 봉투 하나를 불쑥 내밀면서 곧 명절인데 그 봉투에 있는 것으로 가족 선물을 사라는 것이었다. 이건 아니라고 극구 거절했지만, 교수님께서는 식사하러 오기 전 약속을 잊었냐면서 부드럽게 내 손을 꼭 잡아주면서 한마디 하셨다.

　"경찰은 권력기관이라 돈의 유혹이 많다. 그런 유혹을 떨치려면 마음이 편안해야 한다. 내가 큰 부자는 아니지만 필요한 돈은 줄 수 있다. 만약 급하게 돈이 필요한 일이 생길 때 연락하면 해결해 줄 수 있다."

그동안 소식은 없었지만, 제자가 혹 금품수수 등 비리에 연루되지는 않을까 늘 걱정이 많았다면서 지켜보고 있었다고 말씀하셨다.

나는 한동안 할 말을 잊고 뜨겁게 뛰는 가슴을 억누르느라 애를 써야만 했다. 당시에 한창 교통경찰 비리 문제가 언론에 대문짝만 하게 도배되던 때였다. 그때 하필이면 내가 교통경찰로 근무 중이었기에 교수님께서 직접 경찰서를 방문하여 단단히 당부하셨다. 또한, 서울경찰청 수사대에 근무할 당시 초등학교에 다니던 아들이 횡단보도에서 교통사고를 당해 힘들어할 때 강남 병원에 입원을 주선하여 치료받을 수 있도록 해주셨고, 심지어 보험이 미치지 않는 비급여 병원비까지 모두 해결해 주셨다. 그러고는 사고 관련, 격분하여 가해자한테 절대 어긋난 행동을 해서는 안 된다며, 단돈 일 원도 받지 말라고 단단히 당부하시면서, '경찰관이기 때문에 품위를 손상하는 행동은 절대 해서는 안 된다'라고 누누이 당부하셨다. 병원 퇴원 절차를 모두 마친 후, 교수님께 뜻하지 않게 지출한 병원비를 모두 부쳐드릴테니 계좌번호를 알려 달라고 요청했다.

"네가 앞으로 누군가를 도울 일이 있을 때 이번에 내가 쓴 돈을 네가 쓰면 그것이 곧 나에게 돈을 갚는 것이 된다."

손을 번쩍 들어 작별 인사를 건네는 뒷모습이 어찌 그리도 크고 멋져 보이던지. 그날 한 가지 소중한 교훈을 얻었다. '이 세상에 살면서 사랑이나 자비의 마음을 베푼 사람에게 되갚아야만 갚는 것이 된다는 식의 계산적이거나 단선적이어서는 안 된다'라는 큰 교훈을.

내가 무슨 일이 생길 때마다 교수님은 다가오셨다. 언제나 모든 것에 대하여 주의 깊게 듣고, 말씀하시는 것만으로도, 마음을 열고 나 자신을 돌아볼 수 있도록 무언의 가르침을 주셨다. 교수님께서는 굳이 힘내라는 둥 근사한 말은 보태지 않았다. 늘 자신을 돌아볼 수 있도록 세심한 배려와 따스한 관심을 보이셨다. 그 자상하고 너그러운 마음을 생각하면 지금도 가슴이 뭉클하다. 이후 나도 사람을 만날 때마다 늘 교수님처럼 배려하려고 나름대로 큰 노력을 해 봤지만, 교수님의 그 체화된 인간미에는 미칠 수가 없었다.

어느덧, 교수님의 6주기 기일(忌日)이 지났다. 우연처럼 내게 왔던 교수님께서는 세상을 떠나셨지만, 내 마음은 항상 교수님을 진정으로 존경하며 사랑하고 있다. 이 지면으로나마 고마운 마음을 일부 표현하는 것이 교수님께 누가 될까 봐 망설였지만, 마치 신부님께 고해성사한 것처럼 마음은 한결 가볍다.

이제 나도 34년의 경찰 생활을 경정(警正)으로 마감했다. 당당하고 명예롭게 퇴직했지만, 우여곡절이 많은 그 힘든 생활을 모두 이겨 낼 수 있었던 것은, 교수님의 그 체화된 인간미를 배울 수 있었기에 더 쉽지 않았을까. 학창 시절, 짧은 만남으로 이어진 아름다운 인연 속에서 존경하는 교수님의 훈훈한 마음과 따뜻한 이야기를 이 지면에 담을 수 있어 정말 행복하다. 내 청춘 안에서 교수님과의 관계를 빼면 또 무엇이 남아 있을지.

(그린에세이 55호 2023. 1-2.)

봄은 정녕 오고 있는가

아직은 아침저녁으로 찬 바람이 불고 거리 풍경도 황량하기만 하다. 날씨가 조금 풀렸다는 소식에 가벼운 옷을 입고 거리에 나갔 다가 떠나지 못한 겨울에 두어 번 크게 반격당하고 나니 새순 돋는 봄이 간절하다.

봄이 오면 산자락의 잔설을 녹이는 촉촉한 봄비가 내릴 것이고, 마른 가지에는 수액이 흐르며 세상 만물은 기지개를 켜리라. 또한 언 땅을 비집고 얼굴을 내미는 꽃을 만날 수도 있으리라. 어쩌면 봄은 가슴을 설레게 하는 성급함에서 시작되는 것일까. 미리 봄을 만나면 얼어붙은 내 마음속에도 따스한 봄기운이 감돌 것 같다.

지난 봄날, 여행업을 하는 지인이 코로나19로 인하여 힘들고 어 려운 시간을 만나게 되었다. 나는 정영희 님의 "내가 살아 보니까" 라는 글을 읽고 지인에게 그 책을 권했다. 살아 보니 진솔한 마음 으로 남을 대하고 베푸는 일은 언제나 기쁨을 주었고, 자신을 행복하게 하였으며, 즐겁게 했다는 저자의 글이 지인의 마음을 위로해 주었으면 좋겠다는 바람에서였다.

지인은 그 책을 읽고 나서 지금은 누구와도 비교하지 않고, 있는 그대로 감사하며 살고 있단다. 힘들었던 그 시간을 늘 축복으로 되새김질하면서 스스로 마음을 다스린단다. 당시 지인의 마음이 어떠했는지 조금은 알 것 같았다. 지인을 힘들게 했던 시간도 떠나고 곧 희망의 봄이 다가오리라 믿는다.

봄은 꽃으로 그 소식을 알려주지 않던가. 봉긋하게 망울진 매화꽃을 보면 매서운 추위 속에서도 어떻게 꽃망울을 잉태했는지 참으로 대견하고 신비롭다. 매화가 아픔을 감내하지 않고 어찌 꽃을 피울 수 있겠으며, 혹독한 긴 겨울을 이겨 내지 않고 어찌 봄이 오겠는가.

어느덧 긴 겨울이 지났으니, 서둘러 꽃이 피는 봄을 마중해야겠다. 남녘에서 매화가 흐드러지게 피어나고 꽃망울을 터트렸다는 소식이다. 우리 사회는 언제쯤 봄소식이 전해지려나. 봄은 정녕 오고 있는지. 팍팍했던 일상에서 봄을 애타게 기다리는 마음이다.

(중부일보 2022. 3. 17.)

늘그막에 법(法)을 마주하다

신록이 시나브로 짙어가고 있다. 담장에는 덩굴장미가 활짝 피어있고 아파트 옆 체육공원에도 꽃들이 화려하다. 세계가 전쟁과 내전, 이상기온으로 고통받는 사람도 많지만, 자연이 베풀어 주는 향연에 위로받는다.

그동안 교육원에서 세 번의 교육을 받았다. 첫 번째는 직장에 필요한 교육을 받은 경찰 교육원이고, 두 번째는 보안 수사 교육원에서 수사 직무 교육을, 세 번째는 평생교육원에서 수필 문학을 공부했다. 그 세 번의 교육의 추억을 다시 한번 회상(回想)해 본다.

어린 시절 꿈이었던 인문학 공부에 대한 욕구는 간절했다. 현직에 있으면서 일간 신문이나 문학지에 수필을 발표하긴 했어도, 체계적인 창작 교육 및 수필 분야의 미흡한 부분을 보충하려고, 현장 경찰로는 처음으로 용기를 내어 ○○대학교 평생교육원에 등록했다. 드디어 결혼 이십여 년 만에 문학적 외출을 감행했다. 입학식

날 제복을 입은 채로 단상에 올라 인사를 했더니, 동료들은 싱싱한 삼십 대 같다며 유쾌한 찬사로 긴장을 풀어주었다.

각종 사건으로 지친 내 영혼에 새로운 세계가 펼쳐지는 순간이었고, 늘 하루하루가 신기루였다. 문우들과 문학 카페를 만들어 서로 위로받는 소통의 장도 마련했다. 어느덧 십여 년이 훌쩍 지나더니 서로 의지하고 소통했던 카페가 적막강산이 된 지 오래되었다.

모두 어디로 갔을까. 잠시 회상(回想)의 시간에 머물 수밖에 없었다. 지금은 어느 곳에서 마음을 붙이며 살고 있을까. 연꽃처럼 피어오르는 얼굴이 많다. 그 시절 함께했던 문우들의 소식을 묻고 싶어 교수님께 전화를 돌려 인사를 건넸더니 반가워하셨다. 인제 인문학의 고향이었던 적막한 카페를 그만 접으려 한다고 말씀드리니 서운하지만 어쩔 수 없다면서 문을 닫으라고 말씀하셨다. 당시 삶의 일부를 채워주던 고향이었으니 그리 쉽게 접을 수는 없었지만, 카페를 폐쇄할 수밖에 없었다. 코로나19의 거리 두기 여파는 교육원 자체를 무너뜨리고 결국 눈감을 때까지 배워야 한다고 외치던 평생교육원의 슬로건도 피해 갈 수 없었는지 수필교육도 폐강되었다. 그 여파는 끈끈한 정으로 봉합되었던 수필 문학 동기들마저도 깡그리 분산시키고 말았다.

모든 일에 시작이 있으면 끝이 있는 법이지 않은가. 육십이 넘고 보니 세상살이가 점점 어렵게 느껴진다. 이것도 순리라면 순응해야 한다.

이젠 현실에 적응하면서 어디론가 조금씩 이동하고 있다. 늘그막에 서서 한결같은 마음으로 항상 사랑하며 감사하고 늘 걱정이 없는 삶을 살게 해달라고 기도하던 봄날, 한 통의 전화를 받았다. 3월 21일부터 '한국 사법교육원 교육'을 수강해 달라고 한다. 선약이 있어 다음 주부터 수강하겠노라 답하고 아직 끝맺지 못한 기도를 이어 갔다.

'사랑하는 사람들이 절망하지 않고 순박하며 소탈하게 즐거운 삶이 될 수 있도록 도와주시고, 반칙 없는 세상에서 정의롭고 공정한 날이 계속되어 소중한 모든 분이 늘 후회 없이 편안한 생활이 되었으면 좋겠습니다.'

드디어 첫 수업이 있던 날, 현장 경찰로 34년 동안 늘 함께해 온 법(法)과 마주하게 되었다. 늦게 수업에 합류했음에도 전혀 어색하지 않은 것은, 함께한 동료들이 참 좋은 사람이라는 선입감 때문이었을까. 앞으로 이들과 함께하는 후반부 인생길에 좋은 일이 많기를 기대해 본다. 수료식 후에는 새로운 공동체가 형성되어 아마 참 멋진 시간이 될 것으로 믿는다.

강의실에서 수업을 마치고 걸어오는 길, 아파트 담벼락에 핀 장미꽃처럼 환한 미래의 삶에 씨앗을 품고 일구는 행간을 또다시 설계한다. 네 번째 교육원에서 만난 사람들과 함께하는 세상, 소중한 인연, 가슴 깊이 간직하며 늘 오손도손 서로에게 기쁜 날이 계속되길 간절히 기원한다. (2023. 5.)

제주도를 다녀와서

칠월 중순이지만 여름이 깊숙한 곳까지 내려와 있던 날, 머리도 식힐 겸 가족과 함께 제주도로 향했다. 제주도는 매년 가는 곳이라서 서로 소통하며, 우도 미술관과 제주 도립미술관에 들러 작가의 작품을 감상하기에는 손색이 없을 것으로 생각하고 주저함이 없이 길을 나섰다. 이번 여행은 딸의 의견에 따라 움직였고, 여행 코스와 호텔, 비행기, 식당 예약 등 모두 딸이 추천한 곳으로 정했다.

제주 서귀포시 안덕면의 숙소에 도착했을 때는 더위가 한창 기승을 부리는 시간이었고, 햇살이 역광으로 품고 있어 선뜻 발을 들여놓지 못하고 한참을 문 앞에 서 있었다. 그동안 무심하게 살아온 세월 앞에서 문득 발이 저리고 가슴이 뛰었기 때문이다. 사는 것이 별것도 아닌 것을, 긴 시간 동안 여행을 떠나지 못하다가 모처럼 찾아온 제주도는 여느 때와 달리 하나같이 낯설었지만, 뒷산의 신록들과 주변에 꽃들은 내 눈을 한층 더 시원하게 했다.

모두가 세월 때문이었다. 세월이 흘러도 변함없는 제주도는 까마득하게 잊혔던 지난날의 추억의 아련함과 달착지근한 애상을 불러일으키기에 충분했다. 숨을 한번 크게 내쉬고 숙소 뒤편 군산 오름에 올랐다. 군산 오름은 용의 머리에 쌍봉이 솟았다고 하는 두 개의 뿔 바위와 사면에는 퇴적층의 차별침식에 의한 기암괴석 등이 감춰져 있으며, 지진을 동반한 휴화산 활동을 배제할 수 없는 곳이다. 하지만 비양도에 갔을 땐, 군산 오름보다 비양도가 휴화산의 여운과 그에 동반된 지진 활동 가능성이 더 농후하다고 표기되어 있었다. 드디어 딸과 함께 오름 정상에 올랐다.

오름의 정상에서 하늘 아래 펼쳐진 세상은 감탄사를 연이어 쏟아낼 만큼 놀라운 광경이었고, 정상의 품 안으로 들어갔을 땐 동공은 점점 더 커졌다. 드넓게 펼쳐진 초원은 신선했으며, 어디서 찾아보기 힘든 낯섦이었다. 특히 바람은 늘 맞던 바람이 아니었고, 언제나 지켜보던 하늘 또한 아니었다. 신선함, 그 자체였기에 나도 모르게 가슴속 미묘한 일렁임은 계속되었다. 만약 내가 오름의 정상에 오르지 않았다면 이렇게 황홀한 풍경을 기억하지 못했을 것이다.

여행 둘째 날, 숙소 주변은 참으로 조용하고 친근했다. 뒷마당에는 수국이 활짝 피어 온 담장을 휘감았고, 온갖 새들이 몰려와 새 아침의 시작을 알려준 덕분에 일찍 일어나 미술관의 '물의 나라 이야기 전'을 감상하러 출발했다.

'물의 나라 이야기 전'은 평안남도 맹산이 고향인 김창열 작가의 전시회다. 먼저 작가의 고향을 소개하고 있었는데, 삼면이 물로 둘러싸인 맑고 아름다운 곳이었다. 당시 작가가 고향에서 친구들과 알몸으로 모래밭에서 뒹굴고, 물을 끼얹으며 놀았던 여름의 추억 등을 그림으로 표현하여 어린 시절의 천진난만함을 보여 주었고, 아울러 전쟁의 아픈 기억을 치유하기 위하여 그린 물방울은 망자(亡者)를 위한 진혼곡을 대신하는 그림이었다. 그림 자체가 마치 진주처럼 영롱한 아름다운 보석과 같았다. 실제로 물방울은 부서지기 쉽고 순식간에 사라져 버린다는 점에서 작품 속의 물방울과는 대조적이지만, 어떤 의미에서 보면 단순한 물방울 이상의 것을 표현하고자 했던 것은 아닐는지. 작가는 그림 그리는 것을 '죽은 사람들의 영혼을 위로'한다고 했고, 불교의 정화의식을 거행할 때 나쁜 영혼이 들어오지 못하게 하려고 물을 뿌리는 것과 마찬가지라고 했다.

작가의 파리 전시회에서는 물방울은 인간의 존재 의미에 대한 보다 깊은 통찰을 구현한 것으로 삼라만상의 근원적 진리를 향해 나아간 예술의 실마리이자 작품세계의 귀결이었다고 표현했었다. 이번 제주도립 김창열 미술관 전시회에서는 오랜 시간 동안 물방울 하나하나를 그려 나갔던 작가의 예술혼을 꼼꼼히 살펴보았고, 평생 끊임없는 실험적 시도를 한 작가의 예술정신을 확인하는 순간이었다.

저녁엔 직장 일로 늦게 합류하는 아들이 온다는 연락을 받고 공항으로 마중을 나갔다. 숙소로 돌아오는 길에 야간 시내 주행이 서투른 탓에 괜한 자존심 세우고 한 말 때문에 일어난 일은 부담스러웠지만, 아내와 딸의 말은 단 한마디도 틀림이 없었다. 이번 일을 계기로 느낀 점은 야간 운전은 자제하고 육십이 넘었으니 늘 세월에 순응하면서 살아가야 하는데, 무슨 배짱으로 그랬는지, 과거의 습관에 젖어 있는 나를 돌아보는 소중한 시간이었다.

최근의 나는 이해하지 못하는 일이 생겨도 천천히 이해하려고 노력한다. 과거에 까칠한 성격을 버리고 점점 둥글둥글 살아간다. 경찰관 퇴직 전만 해도 늘 까칠하고 직선적인 성격이었고, 말수가 적었다. 또 낯선 사람에게 마음을 여는 데 시간이 꽤 오래 걸렸지만, 지금은 확실히 변하고 있다. 늘 아내의 권유는 잘 받아들이고, 딸의 말은 무조건 따르는 딸 바보가 되었다고나 할까.

셋째 날, 아들에게 사격 실력을 뽐낼 기회를 주려는 의도로 제주도 실탄 사격장을 찾았다. 결과는 엉뚱하게도 딸의 점수가 높게 나왔지만, 멋진 경험이었으며 좋은 추억이었다. 여행 분위기를 띄우려는 의도로 예약한 최고급 레스토랑으로 이동하여 점심식사를 했었는데, 예술작품처럼 화려하게 꾸민 차림이 너무 인상적이었다. 딸이 예약한 곳이었기에 더 맛있게 점심을 즐겼다고나 할까. 식사 후에는 성산항으로 이동하여 여객선에 몸을 의지한 채 우도로 향했다.

우도는 제주의 동쪽 끝에 있는 제일 큰 섬으로 완만한 경사를 이룬 비옥한 토지와 풍부한 어장 등 자연의 신비를 간직한 천혜의 명승지로서 물소가 머리를 내민 모양(우두형)이다. 선착장에서는 바닷가 특유의 비린내가 섞인 바람이 불어와 깔끔하진 않았지만, 해가 지면서부터 온도가 내려가고 시원한 바람이 불어 공원을 산책하기에 딱 좋았다.

호텔에 여장을 풀고 우도 미술관을 방문했다. 미술관에서는 훈데르트바서의 특별전이 열리고 있었는데, 특별전 작가의 본명은 프리드리히 스토바서(Friedrich Stowasser)이다. 1928년 오스트리아 빈에서 태어났고, 훗날 훈데르트바서라는 이름으로 개명했는데 '평화롭고 풍요로운 곳에 흐르는 백 개의 강'이라는 뜻이라고 한다. 그는 일찍이 색채와 형태에 대한 남다른 감각으로 미술에 두각을 나타냈으며 전쟁 후, 유럽 전 지역을 여행하면서 견문을 넓히고 자신만의 독자적인 예술 세계를 만들어 나갔다고 한다.

훈데르트바서의 그림에서 두드러진 특징은 '나선'의 형태였다. 그에게 나선은 생명과 죽음을 상징한다. 그리고 시작과 끝이 정해져 있지 않고 끝없이 돌고 있는 나선이야말로 우리의 삶과 가장 많이 닮았다고 했다. 또한 색채의 마술사라고 불릴 정도로 색을 조합하는 능력이 뛰어났으며, 전통적인 색의 조합에서 벗어나 보다 자유롭고 대담한 컬러를 사용했다. 그의 특유한 색감은 회화에서 주제를 드러내는 데 주도적인 역할을 했고, 생명의 다양함과 무한함을 색채를 통해 표현하고 있었다.

우도 미술관을 나와 농협에서 필요한 물품을 구매하고, 식당에 들렀는데, 오후 여섯 시에 제주도에서 들어오는 배가 끊기면 곧바로 영업을 끝내기 때문인지, 주문한 음식은 맛과 정성이 부족했고, 뭔가 빠진 느낌이 들었다.

저녁 식사 후에는 자동차로 해변 도로를 따라 우도 전체를 둘러보았다. 먼저 도착한 곳은 우도봉 아래 높이 20여m, 폭 30여m의 기암절벽이다. 오랜 세월 풍파에 깎인 단층의 사이마다 깊은 주름살이 형성된 후해석벽(後海石壁)이었다. 절벽은 차곡차곡 돌 조각을 쌓아 올린 듯 가지런하게 단층을 이루고 있었으며, 석벽은 직각으로 절벽을 이루고 있었다.

우도 해안도로 중간쯤에는 비양도가 있다. 비양도에서는 푸른 바다와 한적한 말 목장, 아울러 바닷가 특유의 비린내가 물씬 풍기는 바람은 추억의 시간으로 이끌기에 충분했다. 이어 도착한 곳은 커다란 고래가 살았다는 이야기가 전해져 내려오는 '콧구멍 동굴'이다. 검은 모래가 펼쳐진 검멀레 모래사장 끄트머리 절벽 아래에 있는 동굴은 썰물이 되어야만 입구를 통하여 안으로 들어갈 수 있으므로 아쉽게도 들어가 보진 못했다.

해변 도로를 따라 우도를 한 바퀴 돌아보고 나니 어느새 해가 지고 금세 어둠이 몰려왔다. 숙소로 돌아와 가족과 함께 호텔 앞 산책로를 따라 걷고 있을 즈음, 바다에서는 고기잡이 어선들이 무리를 지어 호텔 앞 바다를 불빛으로 환하게 밝히고 있었다. 그날따라 칠흑같이 어두운 밤이었지만, 불빛으로 인하여 마을 안길도 어둡지 않을 뿐만 아니라, 밤하늘까지도 밝은 빛으로 가득했다. 마침 바람이 없어서인지 온 바다는 불꽃놀이를 하는 것처럼 현란하고 화려했다.

넷째 날 아침, 기상과 동시에 가족 전원이 우도에서 가장 높은 우도봉에 올랐다. 우도봉(132m)에 오르면 우도 전체의 풍경을 한눈에 감상할 수 있다. 우도봉은 황홀한 초록빛 물결이 바다에 맞닿아 있다고 하여 지두청사(地頭靑莎)라 한다.

우도봉에서 내려와 호텔에서 간단하게 떠날 준비를 끝내고 성산항에서 출발하는 여객선에 올라 제주도로 향했다. 제주 도착 후에는 시골 기분이 드는 한적한 마을로 이동하여 특별한 일식으로 점심을 해결했으며, 식사 후에는 여행을 정리하는 마음으로 해안도로를 따라 조용한 카페로 이동했다.

마당에 모래가 깔린 카페 마당에 덩그러니 기대어 밀려오는 파도, 잔잔한 은빛 물결을 감상하면서 상념에 빠졌는데, 그동안 살아온 인생의 흔적과 아쉬움이 가득했던 지난 시간을 그리워하며, 새로운 꿈을 설계했다.

바다는 석양 노을이 질 때까지는 잔잔했는데, 우리가 자리에서 일어설 때쯤 갑자기 바람이 불어오더니, 파도는 큰 울음을 터트리며 울었다.

여행은 생(生)의 진정성을 위한 행로이며, 사유를 통해 의미를 캐는 가치 있는 작업이다. 모래를 걸러서 사금을 얻는 과정과도 같다고나 할까. 이번 여행을 통해서 가방에 많은 소재를 담아오지는 못했지만, 그래도 남아 있는 기억을 형상화하는 일은 여간 어려운 일이 아니었다. 다만 일상적 자아와 본디 자아가 상극하는 갈등 속에서 삶의 초심은 찾은 것 같다. 아울러 단순하게 마음을 비우고 떠나, 새로운 발견을 채워 그 바탕을 토대로 생각의 폭을 넓히고, 당시의 감흥을 되살려 또 다른 존재를 찾는 과정 또한 터득한 것 같다.

인생은 강물처럼 흐르고, 시간은 쇠털같이 많다는 말은 다 허튼소리인 것 같다. 요즘은 왠지 세월이 참 빨리도 간다. 여행을 다녀온 지 긴 시간이 지나서 이제야 글을 쓰고 있으니 한심한 생각도 들었지만, 그래도 삶의 행간 행간에 이런 날이 있다는 것은 얼마나 기분 좋은 일인가. 제주도에서의 시간은 생각하면 할수록 더 행복한 마음이 가시질 않는다.

(2023. 7.)

부치지 못한 편지

늘 봄으로 남아계신 교수님!

새봄을 여는 목련의 화려한 축제도 잠시, 속절없이 봄은 가고 어느새 산천은 신록으로 바뀌었습니다. 존경하는 교수님이 계신 그곳에도 날마다 더해가는 녹음처럼 싱그러움이 넘쳐나길 기원해 봅니다. 저는 늘 교수님을 위하여 평화가 가득하기를 기도하고 있습니다.

어느 날, 서고를 정리하고 책상을 정돈하는 순간 빛바랜 학창 시절의 사진과 삐삐기를 발견했습니다. 그 안에는 오랫동안 교수님과 함께 나누었던 글들이 고스란히 보관되어 있었습니다. 그 글들을 다시 읽으면서 교수님의 은근하고 따스한 마음을 새롭게 발견할 수 있었습니다. 왜 나는 지금까지 교수님과 함께 나누었던 편지와 연락처가 담긴 메모지를 소중하게 간직하고 있을까.

1990년 5월 서울 ○○대학 국문학과 교수였던 교수님을 늦깎이 학생 신분으로 처음 만났습니다. 그 후 이십여 년을 있는 듯 없는 듯 한결같은 정을 나누며 가정사며 신변 이야기도 나누는 사이가 되었습니다. 그런데 어느 쓸쓸한 봄날, 집안일로 미국에 가게 되었다는 말씀을 끝으로 더는 이어지지 못했습니다. 때때로 교수님의 안부가 궁금하고, 그리웠지만 들을 수가 없었습니다.

그 후, 지인으로부터 교수님의 가족이 사당동에서 병원을 운영한다는 소식을 듣게 되었고 가벼운 진료를 핑계로 병원을 찾았습니다. 가족을 보는 순간, 전율이 일었는데 교수님과 영락없는 판박이였습니다.

"누구 소개로 오셨나요. 지인(知人)인가요. 광고 보고 오셨나요?"

의례적인 질문에 아무 말도 못 하고 머뭇거리기만 했습니다. 정작 교수님의 안부가 너무나 궁금하여 찾아온 것이었지만, 아무 말도 하지 못했습니다. 혹 나쁜 소식이라도 듣게 될까 봐 두려웠기에 교수님의 소식은 궁금한 채로 그냥 접어두기로 했습니다. 그 후로도 수년 동안 교수님에 대해서는 한마디도 묻지 않고 진료를 받았습니다.

그렇게 수년이 지난 어느 날, 기어이 교수님의 안부를 물었습니다. 교수님은 이미 건강이 악화한 상태였는데 얼마 후 세상을 떠나셨습니다.

온화하고 순수했던 교수님을 뵈면서 늘 사람은 향기로 남는다는 느낌을 받았습니다. 오늘도 저에게 봄의 향기로 남아계신 교수님, 그 의미(意味)를 곱씹어 봅니다. 세상을 살아가면서 만나는 좋은 인연이야말로 가장 큰 선물이 아닐는지요. 그렇다면 저도 누군가에게 진정 죽어서도 잊히지 않을 선물이었으면 좋겠습니다.

"어떤 사람은 매일 만나도 타인이고, 어떤 사람은 만나지 않아도 마음속에 항상 자리하고 있습니다. 교수님께서는 저의 마음속에 항상 자리하고 있는 분이십니다."

잘 산다는 의미

오 년 전, 어느 봄날, 존경하던 교수님께서 세상을 떠나셨다. 비보를 접하고 찾은 빈소에서 뵌 영정 속 교수님의 표정은 처음 뵈었을 때와 다르긴 했지만, 이젠 어떠한 표정도 사진으로밖에 뵐 수 없게 되었다. 그것이 엄연한 사실임을 확인케 하는 영정 앞에서 무릎을 꿇고 눈을 감는 순간, 내 마음엔 만감이 교차했다. 이처럼 뜻밖에 먼 길을 떠나시다니 나의 무심함에 후회의 눈물을 삼키지 않을 수 없었다.

교수님의 유해가 모셔져 있는 추모 공원에 다녀온 뒤, 무거운 마음으로 맞이한 그날, 내가 이십여 년 전에 써둔 업무 일지를 들췄다. 업무일지는 내가 현장 경찰 시절에 매일매일 기록해 둔 메모 형식의 글이다. 당시 교수님께서 미국의 친척 집에 다녀오고 나서 들려준 말씀이 있어 다시 한번 읽어보았다.

미국 캠핑 공원에 갔던 이야기다. 교수님께서는 공원을 산책하면서 캠핑에 익숙한 미국 사람들은 어떤 대단한 걸 해 먹을까 싶어 둘러보았는데, 보통 집에서 만들어 온 도시락만 가방에서 주섬주섬 꺼내 상을 차리고, 오손도손 서로 이야기를 나누며, 많이 웃고 떠들더라고 했다. 아빠는 식사가 끝나자 산책하였고, 아이들은 잔디 위를 뛰어다녔으며, 엄마는 나무 의자에 앉아 책을 읽고 있었다면서, 너무 행복한 그 가족 모습에 자신도 모르게 '정말 잘 사는구나'라는 혼잣말이 나왔다고 하셨다. "우리나라에선 잘산다는 것은 여전히 물질적 풍요가 우선이라고 생각하는 사람들도 있지만, 이제 그 낡은 시선을 거둬야 할 때가 된 것 같다."라고 말씀하셨다.

당시 내가 직장생활에 흥미를 느끼지 못하고 늘 사직서를 품에 넣고 다니며 또 다른 일을 찾아보던 중에 '잘 산다는 것'은 이런 것이라는 것을 일깨워 주려고 했던 말씀 중 하나의 사례에 불과하지만, 그 당시엔 그냥 메모만 했을 뿐이지 주의 깊게 여기지 않고, 가볍게 흘려보냈다. 이제야 생각해 보니 평범한 이야기 속에 정말 깊은 뜻이 담겨있었던 것이다.

하늘 아래 교수님 같은 분은 없다. 평생 잊지 못할 은혜를 입었다. 지금도 한결같은 마음이다. 가끔 꿈에서라도 교수님의 인자하신 모습을 뵙고 싶다. 교수님 생각에 자꾸 눈물이 흐른다.

(2023. 8.)

현장 경찰의 수필 등단기

이른 새벽, 온 천지가 고요하다. 건너다보이는 산자락이 뿌연 안개의 기운과 함께 깨어나고 있다. 한번 깬 잠이 더 이상 오지 않아 글쓰기에 몰입한다. 머릿속을 맴돌다 다듬어져 나오는 사고의 조각들을 깨알 같은 응어리로 옮기고 나서 편안한 마음으로 또 하루를 시작한다.

아침에 일어나자마자 아옹다옹 살아가는 모습을 수필로 쓰기 시작한 지가 벌써 십여 년이 지났다. 초기에는 유명한 작가가 되겠다는 목표로 매진했다. 하지만 사람들의 관심을 끌 수가 없었는데, 사람들이 글을 잘 읽지 않는다는 사실을 알고부터 글쓰기를 포기하고 싶었다. 그래도 오랜 공직 생활이 주는 타성을 극복하려고 마음을 굳게 다잡고 글쓰기를 시작했다.

2011년 제14회 공무원문예대전(현 공직 문학상)에 참가했다. 결과는 낙선이었다. 하지만 포기하지 않고 나름대로 명망 있는 ○○

대학교 평생교육원에서 강의를 받았다. 여전히 글을 쓰는 방법은 미숙했다. 그래서 문예창작과 교수님을 찾아가 무엇이 문제인가를 진단받았다. '문학이 왜 아름다워야 하는가를 알고 쓰는 글과 그냥 아름답게만 쓰려는 글은 그 무게감이 전혀 다르다는 것'을 새삼 깨닫게 되었다.

2012년 제15회 공무원문예대전에 도전했지만 보기 좋게 또 낙선했다. 한동안 고민에 빠졌다. 나는 뭣 때문에 글을 쓰려고 하는가? 수없이 자문자답했다. 그때 사람이 무엇에 관심이 많으며 무엇을 두려워하는지, 세상의 모든 것은 존재의 본능으로 귀착되는 것이라고 느꼈다. 결론부터 말하면 사람은 누구나 자기 존재감을 인정받고 그걸 드러낼 때 삶의 의욕이 생기고, 두려움에서 벗어나게 된다는 것이었다.

2013년도 제16회 공무원문예대전에 또 도전했다. 그러나 실패했다. 직장에선 글쓰기 포기를 종용하는 듯한 발언이 나왔다. 심지어 근무 면에서 모범공무원으로 국무총리 표창까지 받은 경력이 있어도, 주변에서는 글 쓰는 것이 그리 달갑지 않은 시선으로 쳐다보고 있었다. 어떤 이는 경찰문화대전에 도전해 보는 것이 어떠냐는 권유도 했다. 사실 경찰문화대전은 13만 경찰관 중에서 문학에 관심 있는 직원들만이 겨루는 대회였다. 그래서 처음 목표한 40여만 공무원 전체 중에서 문학에 관심 있는 사람들이 참여하는 공무원 문예 대전을 목표로 정했다. 마음에 새긴 공무원 문예 대전에 도전하려는 불씨는 꺼지지 않았고, 수많은 시행착오를 겪으면서도 글쓰기를 계속했다. 여러 편의 글을 써서 주변인들에게 읽어보라고 했으며, 그중에서 공감 가는 내용의 글을 검토하고 수정했다. 어느 날 책장을 뒤적이다가 '행복은 넘침과 부족함의 경계에 있는 자그마한 역'이라는 글을 보면서 또다시 도전 의지를 불태웠다.

2014년도 제17회 공무원문예대전에 도전했다. 당시 세상은 세월호 사건으로 어수선했고, 경찰은 늘 분주하게 업무를 계속했다. 경찰업무 중에는 야간 근무가 제일 힘이 든다. 이번 공무 원문예대전의 출품작으로는 업무 중에 일어난 사건을 소재로 현장 경찰의 청소년 선도 수범 사례를 쓴 글을 보냈다. 그해 7월 수필 부문 우수상(은상, 안전행정부 장관상)을 통보받았다.

세월호의 여파 때문에 축하 잔치는 하지 못했지만, 경인일보 등 여러 언론에서 수상 소식을 전해주었고, 사랑하는 가족과 직장 및 학교 동문에게서 많은 축하 인사를 받았다. 수상 소식이 언론에 발표된 후 잊혔던 동료들과 그동안 소식이 없던 학교 동창, 고향 친구, 지인들로부터도 많은 축하 인사를 받았다. 수없이 상을 받아 봤지만 이렇게 많은 축하 인사를 받은 적은 없었다.

이번 당선으로 인하여 나의 존재감을 확인시켜 준 계기가 되었다. 또한 그동안 책과 함께 보낸 시간을 돌아보며 혹 허영과 허세에 눈이 어두워지진 않았는지, 자신을 돌아보며 반성하는 시간도 가졌다. 가슴 한구석에는 마치 늘 보아온 달빛이 느닷없이 들어온 듯한 혼란스러운 기분이 들었다.

그 후 경찰 문화 대전에 참여하여 2회에 걸쳐 산문 부문 우수상(경찰청장상)을 받았다. 이어서 모 문학지의 공모전에 참가하여 신인상에 당선되었다. 하지만 그곳으로부터 등단 여부를 묻는 전화를 받고 요구조건이 너무 많아 단호하게 거절했다. 그저 취미로 쓰는 글이지 무슨 전업 작가도 아닌데, 이건 아니다 싶어 그 이후 모든 문학지의 공모전 참가를 하지 않았다.

2018년 봄, 현장 경찰업무 중 경로당을 방문하여 교통사고 예방 활동을 홍보하는 시간이 있었다. 그 경로당에서 격월간지 ≪그린 에세이≫라는 책을 발견했다. 그 책은 해외 및 국내에서 수필작가들이 글을 발표하는 책으로 미국 등 해외에도 우송되고 전국 서점 등에서 판매하는 잡지였다. 이 책의 소유자가 어느 분이냐고 묻자, 할머니 한 분이 외국에 있는 친구가 그 책에 가끔 글을 쓰고 있어 소식도 얻을 겸 그 책을 정기구독한단다. 저녁이면 차 한잔하면서 책을 읽는 재미가 쏠쏠하다면서 할머니께서 책 한 권을 주면서 읽어보라고 하셨다.

사무실에 도착하자마자 할머니가 주신 책을 다 읽고 나니 맨 마지막 페이지에는 신인상 공모를 소개하고 있었다. 즉시 현장에서 체험했던 〈인간애와 법(法)의 틈바구니에서〉란 제목으로 신인상 공모에 응모하였고, 그해 몇 권의 책과 함께 당선 소식을 전해왔다. 즉시 할머니에게로 달려가 책을 전달하고 돌아서는데 정말 가슴이 뿌듯했다. 물론 할머니도 무척 놀라면서 축하의 인사로 나를 꼭 껴안아 주었다.

≪그린에세이≫는 몇 년 전 공모했던 모 문학지처럼 자질구레한 요구사항은 없었으며, 신인상 당선 통지문을 보내오면서 오직 당선 소감문, 소개 사진 외에 아무런 요구사항이 없었다. 그 이후, 등단 기념식과 함께 축하연이 있어 가족과 함께 참석하여 의미 있는 시간을 보냈다.

5 —
하현달

젊은 날, 하현달을 보면서 뜨거운 열정을

불태운 시간이 얼마나 많았던가.

그 시절은 진정 아름다웠다.

이제는 아득한 추억의 한 장면으로 남아있지만,

살아온 날보다 살아갈 날이 더 짧은 세월 속에서

하현달을 보며

그동안의 잘못을 모두 털어놓고

숙연해진 마음으로 용서를 빌어본다.

-본문 중에서

어머니의 묵주

밤새 계속 비가 옵니다. 모든 사물이 깊은 잠에 빠졌습니다. 층
층이 불을 밝혔던 저 많은 아파트도 깜깜한 어둠 속으로 풍덩 뛰어
들고 비를 맞고 선 가로등만 보일 뿐입니다. 그런데, 새벽녘에 듣
는 빗소리가 싫지만은 않습니다.

오늘이 벌써 4월 중순, 빛을 건너가는 어둠과 생멸의 순간이 이
렇게 클 줄은 미처 깨치지 못했습니다. 어머님께서 떠나신 지 십육
년이 된 지금, 평소 아버님 곁에 가고 싶다며 미리 그곳에 장지를
결정하고 가묘를 해두셨습니다. 오늘따라 생시의 고운 얼굴, 설설
한 어머니에 대한 그리움이 하얀 구름 마냥 떠올라 샘물처럼 마구
솟습니다.

지난 3월 초순, 아들의 물품이 택배로 왔습니다. 그리고는 홀연
히 다른 곳에서 일이 있다는 말을 남기고는 떠났습니다. 무심코 들
어온 아들의 방, 택배 물품 속에 들어있는 묵주, 생전에 어머님께

서 그토록 소중하게 간직했던 그 묵주가 있었습니다.

먼 길 떠나는 아들을 위해 늘 기도해 주시던 어머니, 유달리 자식 사랑이 지극하셨던 어머니, 늘 자식의 건강과 비전에 대한 간절한 염원을 담아 묵주를 손에 들고 하느님께 기도를 바쳤습니다. 어머니의 뜨거운 사랑이 남기신 묵주에서 그대로 느껴졌습니다.

어머니께서는 항상 묵주와 함께 생활하시다가 선종하셨습니다. 아들이 현장 경찰이라는 사실을 알고 TV에 경찰 관련 방송만 나오면 '어제 서울 시내에서 시위가 심하던데 현장에 있지 않았냐? 경찰관이 많이 다치던데 너는 어떠냐?'면서 늘 전화하셨으며, 어느 날 우연히 집에 갔던 날에도 어머니는 '인제 그만 경찰 퇴직했으면 좋겠다'라고 까지 말씀하셨습니다. 그러고는 아들의 안녕을 위하여 늘 묵주를 손에 들고 기도로 하루를 시작하여 어둠이 올 때까지 계속하셨습니다.

'그분께 청하는 오직 한 가지, 나 그것을 얻고자 하니, 내 한평생 모든 날, 그분 집에 사는 것이라네.'라는 신앙고백으로 어머니께서는 모든 것이 그분 안에 머물기를 간절히 원했고, '얻는 것보다 더욱 힘든 일은 비울 줄 아는 것'이라고 말씀하면서 우리에게 성실하고 정직한 삶을 살아가도록 주문하셨습니다.

기도는 온 마음을 사랑하는 그분께 내어드리는 일입니다. 나아가 기도를 통해 끊임없이 자신을 초월한 성령의 마음으로 자신을 변화시키는 일입니다. 아울러 기도는 그분을 통해 원하는 정성을 전달하는 수단이고, 사랑의 아름다움을 표현하는 것입니다. 묵주는 어머니의 평생 유일한 기둥이었으며, 기도로써 어머니의 마음과 뜻을 그분께 표현하는 것으로, 숨겨진 사실이 없고, 삶을 기쁨으로 인정하는 일이었습니다. 또한 묵주를 통하여 그분 안에서, 그분과 함께하는 것이 어머니의 유일한 행복이었습니다. 어머니의 진실한 기도는 늘 자식들을 위하는 것밖에 없었습니다.

연일 비가 내리는 새벽녘입니다. 생전에 나를 위해 간절히 기도하시던 어머님의 음성이 너무나 그립습니다. 어머님의 좌우명 '얻는 것보다 더욱 힘든 일은 비울 줄 아는 것이다.'를 떠올리면서 이 새벽 마음을 모아 어머님께 정성 어린 묵주의 기도(祈禱)를 바칩니다. 지금은 아니 계시는 어머니의 기도(祈禱) 소리를 묵주를 보며 마음으로 듣습니다.

(2023. 8.)

하현달

바람 소리에 눈을 떴다. 강풍이 분다는 예보도 없었는데 바람이 몹시 세차다. 창문이 환하여 머리맡의 핸드폰을 들여다보니 다섯 시다. 동이 트려면 아직 멀었을 시간인데도 사물의 윤곽이 정확하게 드러난다. 창문 앞에 하현달이 보인다.

젊은 시절, 꿈을 포기해야겠다는 결정을 내리기까지 방황을 거듭하였다. 그리고 한동안 나는 너무 섣부르게 현실과 타협해 버렸다는 후회로 내내 가슴이 쓰렸다. 지금이라도 하던 일을 그만두고 놀아볼까, 라는 마음이 굴뚝 같았다. 그렇지만 아버지 어머니의 주름 팬 얼굴을 떠올리면 고개를 가로 저을 수밖에 없었다. 그때마다 하현달은 내 친구처럼 함께 했다.

이 시기는 내 청춘에서 가장 패기만만하고 자유스러워야 할 때였다. 어떻게 살 것이며, 무엇을 할 것인가를 치열하게 고민하고 모색해야 할 시기였다. 또한 무엇이든, 불가능해 보이는 어떤 것을 향해 온몸을 던져 도전해 보아야 할 나이였다. 그런데 나는 너무나 일찍 내 삶의 테두리를 그어 놓았다. 거기서 자족하고 안주하는 것은 더 싫었다. 내가 생각한 미래는 고작 이런 일을 위하여 목말라 했던 것은 아니었다.

수많은 고비를 넘기며 망망대해로 떠밀려 나가듯 알 수 없는 불안감이 앞섰고, 그 원인을 찾아가기에는 너무 버거운 일이었다. 내면의 심경이 복잡하여 무슨 일을 하더라도 그 어떤 경지에 다다를 수 없었다. 다만 치열한 생존경쟁 속에 살아남기 위한 삶의 몸부림으로 늘 가슴 아픈 사연이 많았다. 그 사연이 밑거름되어 생의 의미가 점점 퇴색되어 갔다. 당시의 생활은 내 타는 목마름을 채워줄 수 있는 무언가가 없었다. 만약 그것이 있었더라면 삶에 최선을 다했을 것이다. 내가 삶에 마음을 붙이지 못한 데에는, 가지 못한 길에 대한 미련 말고도 여러 이유가 있었다. 늘 정해진 테두리에 갇혀 있는 생각뿐이어서 답답하기 이를 데 없었다.

당시 사회는 혼란스러웠다. 어지러운 사회현실 속에서 어린 시절부터 가져왔던 세상에 대한 막연한 반감 역시 내 마음을 어지럽혔다. 모든 것을 포기하고 수도원에 들어가 수사신부의 길을 걸어보면 어떨까, 가톨릭 대학교에 입학하여 신부가 될까? 이런저런 생각으로 마음의 갈피를 못 잡고 있었다. 그러던 어느 날, 성당에서 새벽 미사를 마치고 나오던 길에 성모상 앞에서 홀연히 기도하고 계신 어르신을 보니, 늘 새벽이면 장독대에 냉수 한 사발 떠 놓고 기도하시던 어머니 모습이 눈 앞을 가려 울컥한 후, 고향집으로 향했다.

내가 올 줄 알았는지 어머니께서는 문을 열어놓고 계셨다. 도착하자마자 잘 왔다면서 나를 껴안으며 등을 토닥여 주셨다. 그러고는 편안하게 가까운 곳으로 직장을 옮겨 함께 생활했으면 좋겠다고 말씀하셨다. 하지만, 하필이면 그 전날 본당 신부님의 부름을 받고 신축 중인 성당에서 함께 생활하게 되었다고 말씀드리니 부모님께서는 침묵으로 응답하셨다.

새벽이면 하현달을 보면서 새벽 미사를 집전하는 신부님을 돕는 일부터 저녁 미사 후, 성당 신축 작업을 마무리할 때까지 신부님과 한 몸이 되어 성당 건축에 정성을 다했다. 낮이면 벽돌을 쌓고, 밤이면 플래시를 비추며 쌓은 벽돌의 틈새를 점검했으며, 사제관 앞에 온실을 만들었고, 성당으로 향하는 길가에 나무를 심어 주변을 푸르게 가꿨다. 성당 내부에 제대 및 모든 장식물 설치는 물론 고해소까지 완벽하게 내부공사를 끝냈다. 교회의 상징인 종탑을 세우면서 최종적으로 성당 신축을 마무리하던 날, 나는 신부님께 한 통의 편지를 남기고, 고해소(告解所)에 들어가 한참 동안 울고 난 후, 성당을 나왔다.

짧은 시간이었지만 성당에서의 생활은 나에게 큰 의미로 남아 있다. 훗날 아내와 그 신축 성당에서 최초로 결혼식을 올렸다. 결혼 후, 아내는 현장 경찰로 근무하는 남편의 격일제 근무로 인하여

한 달 중에 15일은 혼자서 밤을 지내야만 했다. 그 시절 근무 중에도 새벽이면 하현달을 마주하면서 부족한 자신을 돌아보고 겸손한 자세로 살아야겠다고 다짐했다. 매사에 성심을 다 바쳤지만, 삶은 내게 여전히 어렵고 두려웠다.

젊은 날, 하현달을 보면서 뜨거운 열정을 불태운 시간이 얼마나 많았던가. 그 시절은 진정 아름다웠다. 이제는 아득한 추억의 한 장면으로 남아 있지만, 살아온 날보다 살아갈 날이 더 짧은 세월 속에서 하현달을 보며 그동안의 잘못을 모두 털어놓고 숙연해진 마음으로 용서를 빌어본다.

창문을 활짝 열자 고요히 머물러 있던 달빛과 찬바람이 일시에 밀려왔다. 바람이 그치자 사위는 다시 고요하다. 저만치 하현달이 보인다. 여명의 직전, 정갈한 구도의 아름다움을 품고 있는 하현달을 은연중에 마주하면서 가만히 입속으로 간절하게 뇌어본다. 하루하루가 마지막인 것처럼 매사에 어떤 일을 해도 부끄럽지 않은 생을 살아가자고.

이루 다 말할 수 없으니

아침이면 찬 서리가 온 대지 위를 덮고 얼어붙은 잔디가 화살촉 같이 날을 세운다. 가난한 숲에 모든 나무가 야위어 있다. 그 작은 풍경 사이로 밤이면 별들이 들꽃처럼 피어난다. 그지없이 평화롭다.

새 달력을 벽에다 걸었다. 읍내에 사는 내가 새 달력을 걸었다고 해서 달라질 것은 한 가지도 없다. 몸 아픈 날만 빼면 그날이 그날일 뿐인 일상이다. 그래도 원죄를 탕감받을 요량으로 지하철 입구의 노숙자가 손을 벌리면 천 원짜리 한 장이라도 놓아주었고, 구세군 냄비에 지갑의 돈을 몽땅 넣기도 했다. 이토록 소박하게 살아가는 촌부(村夫) 눈앞에 자꾸만 실망과 허탈감으로 어깨죽지에 힘이 쭉 빠진다.

어느 권세에도 빌붙어 본 적 없이 나름의 역사를 몸으로 때우면서 살아왔건만, 늘 실패만 하는 정책결정자들에게 분노하게 되고,

않는 소리만 하는 경제에도 노여워한다. 이런 사정은 나 몰라라 제 잇속만 챙기는 정치권에는 더 분개한다. 서로 남 얘기엔 귀 막고 자기 목소리만 높이며 분격(憤激)한다. 코로나19로 인하여 곳곳에 마스크를 쓴 사람들이 폭발 일보 직전의 얼굴로 배회하고 있다. 서로의 관계가 병들면 내가 옳다고 생각하는 것을 얻어낸들 곧 따라 병들 뿐인데 참으로 안타까운 일이다.

강물은 흐르기 때문에 썩지 않는다. 흘러간다는 것은 뜻밖에 일이 잘되어 운이 좋다는 것이다. 서로가 분열되어 한쪽에선 남의 잘못을 외치고, 또 한쪽에서는 그 반대를 외치는 소리가 온 나라를 뒤흔들고 그 파장은 벌집 건드려 놓은 것처럼 난리를 치고 있지만, 이것 또한 점차 시간 저편으로 흘러갈 것이다.

이렇게 어렵고 쓸쓸한 난세의 길목에서 새로운 삶을 희망한다. 이제 묵은 잎은 떨어져 나가고 새로운 잎은 피어날 것이며, 새잎으로 피어날 사람이 누구일지 모르지만, 세상의 그 모든 것이 부담되지 않는 함박눈이라도 퍼부었으면 좋겠다. 모든 것을 이루 다 말할 수 없으니.

(중부일보 2021. 1. 5.)

가을이 오면

일요일 아침, 차 한 잔 들고 창가에 서서 단풍(丹楓)나무를 바라본다. 어느새 가을인가. 그 푸르던 나뭇잎이 붉어졌다. 꽤 큰 잎이 파르르 떤다. 바람이 스쳐 지나간 흔적일까. 오늘따라 문득 돌아가신 아버지가 그립다. 어언 수십 년이 흘러갔지만, 문득 아버지 얼굴이 떠오른다. 기일도 지났건만 마지막 뵈었던 때의 모습만큼은 눈에 선하다.

40년 전, 군(軍) 전역을 마치고 사회에 첫발을 내딛게 된 미숙한 아들에게 아버지께서는 딱 세 가지 당부의 말씀을 하셨다. "첫째, 무슨 일이든 남들보다 15분 먼저 서둘러라. 둘째, 주위 사람들에게 밥을 많이 사라"고 하셨다. 사실 당시엔 심오한 가르침이기는커녕 평범하다 못해 하나 마나 한 얘기처럼 들었다. 무엇보다 별로 어렵지도 않은 일을 뭘 그리 힘줘서 말씀하시나 싶었다.

이게 단순히 시간과 돈의 문제가 아니라 일과 사람을 대하는 자세와 직결된다는 걸 깨닫게 되기까진 적지 않은 시간이 걸렸다. 깨달음과 실행은 또 전혀 다른 얘기라는 것을 나중에야 알게 됐지만, 이 두 가지는 얼추 하는 시늉은 하며 살아왔다.

그런데 아버지의 세 번째 당부는 '손해 보고 살아야 한다'라는 말씀이었다. 당시엔 동의할 수 없었고, 그 뜻을 헤아린 이후에도 흉내조차 못 내고 있었다. 오히려 사소한 일에도 손해 보지 않으려고 기를 쓰며 아등바등 산 것 같아 얼굴이 화끈거린다. 인제 와서 새삼 아버지의 조언을 떠올리는 건 엊그제 제삿날에 별세한 아버지가 꿈에 나타나셨기 때문이다.

미투 운동 여파로 한동안 시끌시끌했던 펜스룰(직장에서 업무·회식 등에 여성을 배제하는 방식)처럼 세상의 많은 규정이 대개는 혹시 내가 손해 볼까 싶어 미리 방어막을 치는 용도로 쓰인다. 하지만 아버지의 규칙은 정반대다. 거꾸로 내 시간을 손해 봐서라도 상대에 대한 존중과 배려를 보여 주는 징표로 삼았다. 규칙만이 아니라 다른 일화를 봐도 아버지께서 스스로 손해 보며 사신 삶이 잘 드러난다. 사람을 만나 대접하기를 즐겼던 아버지는 무슨 자리든, 상대가 누구든 늘 먼저 도착해 기다리는 규칙을 만들어 지켰다. 특히 편법이 필요악이라는 다른 사람의 볼멘소리에 '부정한 방법으로 1등을 할 거면 차라리 2등을 하라'고 했다.

사람에게 정도(正道)를 외치고 상생(相生)을 부르짖기는 쉬워도 실천하는 사람을 찾기란 쉽지 않다. 수익 극대화니 뭐니 여러 이유

저자의 아버지

를 내세우지만 보다 근본적으로는, 나만 손해 볼까 싶은 조바심에 스스로 원칙을 무너뜨리는 탓이다. 비단 부자만 아니라 평범한 사람도 편법을 동원하고는 나만 손해 볼 수는 없지 않으냐며 자기 합리화를 한다. 인제야 손해 보는 삶이 결코 손해 보는 삶이 아니라는 아버지의 깊은 뜻을 깨닫는다.

서울강동경찰서에서 근무할 때다. 중환자실 병석에 누워계시던 아버지를 뵙고서 이런저런 이야기를 다 하고 돌아서면서 그만 서울로 올라가겠다고 인사를 했더니, 하루만 더 있다 가면 안 되겠느냐고 물으셨다.

그때는 몰랐다. 어떤 예감이 있어 그런 말씀을 하셨는지 몰랐다. 서울 도착 후 저녁 무렵, 아버지께서 위독하시다는 소식을 받았다. 곧바로 고향으로 다시 향하는데 왠지 모를 불안감이 엄습했다. 형님 집에 도착하여 누워계신 아버지께 얼마나 힘드시냐고 인사를 드렸더니 왜 빨리 오지 않았느냐고 하면서 보고 싶었다고 하셨다. 그러고는 새벽 시간에 춥다는 아버지 음성을 꿈에서 듣고 즉시 일어나 아버지 방에 가서 이불을 덮어주면서 혹 잠을 깨울까 조용히 돌아왔는데, 아버지는 그날 아침 하늘로 돌아가셨다. '하루만 더 있다 가면 안 되겠니'라던 말씀이 지금도 가슴에 한 맺혀있다. 늘 그렇게 한 발짝씩 늦게 후회하며 사는 게 인생인 것 같다.

 길옆 작은 산에 아버지를 모시던 날이 엊그제인 듯싶다. 사실 아버지에 관한 애틋한 추억이 별로 없다. 그 시절 아버지들이 그렇듯 우리 아버지도 엄하고 어렵기만 한 분이셨다. 고향 친구 중에서 아버지와 친하게 지낸 친구는 찾아보기 힘들다. 그래서 아들이 성공하면 어머니 덕이라는 옛날부터 전해져 내려오는 맹모 삼천지교(三遷之敎)라는 말도 있지 않나. 하지만 실패는 아버지 탓이라고 말하는 사람이 내 주변에 있어서인지 그것 또한 이해가 간다. 나도 한때 그런 생각을 했었으니까. 하지만, 비로소 내가 아버지가 되어보니 아비도 할 말이 있다는 것을 알았다.

 '아버지 술잔에는 눈물이 절반'이라는 어느 시인의 시처럼 기쁨도 슬픔도 속으로 삭여내는 이가 아버지인 것을 나도 내 아들을 기르면서 아버지가 나를 기를 때 어떤 마음으로 지켜보았는지 새삼 알게 되었다. 녀석이 옹알이로 처음 '아빠'라고 불렀을 때 가슴 벅찼던 순간, 집 안의 책상이며 가구 모서리에 이마를 자주 찧던 아이가 다 커서 면도기는 거품을 써야 한다며 어른스럽게 나에게 충고할 때의 뿌듯한 이 아비의 심정을 내 아들은 짐작이나 할까.

 오늘 이렇게 창가에 서서 내가 아버지를 그리워하듯 먼 훗날, 내 아들도 나처럼 창가에서 흔들리는 나뭇잎을 보며 나를 생각할까. 누구나 태어나면 언젠가 세상을 떠나는 것이 만고의 진리라지만 문득 떨어지는 단풍을 보니 아버지가 더 그리워진다. 이 가을에는.

달빛 기행

가을 하늘이 한결 드높고 푸릅니다. 불어오는 바람 또한 알맞게 시원해 오롯이 즐기고 싶을 만큼 기분 좋은 휴일 오후입니다. 고요하고 편안합니다. 선물 같은 휴일, 무얼 할지 고민하다 예약해 둔 창덕궁 달빛 기행을 떠나기로 했습니다. 딸이 예약했다는 말에 선뜻 결정했지만, 아내와 함께 가는 일정이라 더 작은 기쁨들이 차오르며 지친 마음에도 힘이 납니다. 내 심장에서 고동치는 작은 떨림이 나직하게 점점 절도 있는 두들김소리로 널리 퍼지고 있었습니다.

달빛 기행의 집결지는 돈화문입니다. 돈화문은 규모와 품위를 함께 갖춘 창덕궁의 정문입니다. 정문에서 안내요원의 신분 확인을 거쳐 이어폰과 안내문을 받은 후, 수문장이 떡하니 버티고 있는 광장에 조별로 나누어 기다리다가 궁궐 입장 나팔이 울리면 '문을 여시오'라는 구호와 함께 돈화문이 열리면서 전문 해설사의 인도에 따라 청사초롱을 들고 100분간의 달빛 기행은 시작됩니다.

창덕궁은 조선시대 왕들의 사랑을 가장 많이 받았던 궁이었기에 관심이 많았고, 한 달 전에 예약 후 추첨을 통해 입장하는 곳이라 더 기대가 컸습니다. 정문인 돈화문을 지나 처음 당도한 곳은 금천교입니다. 돈화문과 진선문 사이 금천(禁川)을 가로질러 놓여 있는 금천교는 현존하는 서울의 다리 가운데 가장 오래된 다리입니다. 신성한 궁궐에서 왕을 만나려면 누구든지 금천교 밑에 흐르는 물로 온 마음을 깨끗이 씻어야 한다는 의미에서 반드시 금천교를 건너도록 했다는 전문 해설사의 설명도 들었습니다.

녹음이 어우러진 은은한 달빛 아래 전문 해설사의 인도에 따라 두 번째 도착한 곳은 인정전입니다. 인정전은 '어진 정치를 펼친다'라는 뜻을 가진 창덕궁의 정전으로 왕의 즉위식·조회·외국 사신 접견 등 국가의 중요한 의식을 치르던 공식 의례 공간입니다. 마침 추석 다음 날이어서인지 인정전 마당에서 본 큰 달빛은 우리를 압도하며 큰 축복을 내려주는 것 같았습니다.

어둠이 내린 주변에 황금색으로 빛나는 인정전은 입구에서 안으로 들어가는 대문의 야경이 굉장히 고풍스러웠고, 내부에는 대한제국이 마지막을 보낸 곳이라서 조명시설이 잘 갖춰져 있었습니다. 특히 인정전 월대에서 바깥을 바라보면 왼쪽은 나무, 오른쪽은 서울의 야경을 볼 수 있습니다. 이 경관을 보면서 과거에서 현대로 넘어오는 듯한 느낌을 더 선명하게 받았습니다. 또한 중간중간 보이는 궁의 다른 건물들도 고즈넉하며 고풍스러웠습니다.

청사초롱으로 불을 밝히며 세 번째 도착한 곳은 희정당입니다. 왕의 비공식적인 집무실인 희정당은 본래 숭문당이었으나, 1465년(연산 2년)에 '화평하고 느긋하여 잘 다스려지는 즐거운 정치'라는 의미인 희정당(熙政堂)으로 바뀌었답니다. 지금의 희정당은 1917년 화재로 소실된 것을 1920년 경복궁의 강녕전을 옮겨 재건했답니다. 내부는 카펫, 유리 창문, 샹들리에 등 서양식으로 꾸며져 있습니다. 희정당 입구의 낙양각을 통해 바라보는 창덕궁의 모습은 정말 굉장했습니다. 전문 해설사의 설명과 안내 덕분에 재미가 배가 되는 느낌이었습니다. 이번 기행이 끝나면 지인에게 꼭 추천해 주고 싶은 곳입니다.

다섯 번째 도착한 곳은 낙선재입니다. 낙선재는 1847년(헌종 13년) 지은 공간으로 헌종의 서재 겸 사랑채였습니다. 헌종은 평소 검소하면서도 선진 문물에 관심이 많았으며 단청에 칠을 하지 않은 낙선재의 모습에서 그 면모를 확인할 수 있습니다. 단청을 칠하지 않기 때문에 화려함이 다른 전각들에 비하여 덜할 거라고 생각할 수도 있지만, 창문의 화려함은 다양하고 아름다운 창살이었습니다. 어두울 때 조명을 받은 창살의 모습은 가히 어디에도 비교할 수 없는 미(美)의 극치 그대로였습니다. 낙선재 내부에는 둥근 달이 떠 있었는데 만월문이라고 하며 그 옆에 꽃담 또한 달빛 기행에서 놓치지 말아야 할 지점입니다.

여섯 번째 장소는 평상시에 닫혀있지만, 달빛 기행에서만 특별히 볼 수 있는 곳 상량정입니다. 상량정은 낙선재 후원에 우뚝 서 있는 누각으로 '시원한 곳에 오르다'라는 뜻을 가졌습니다. 낙선재에서 닫힌 문을 열고 위로 올라가면 상량정이 있는데 실제로 상량정 위에서 대금을 연주하고 있어 은은한 달빛 아래 도심의 야경과 어우러진 대금의 청아한 소리는 그야말로 감동이었습니다. 대금은 한국의 전통악기 중 가로로 비껴들고 한쪽 끝부분에 있는 취구(吹口)에 입술을 대고 입김을 불어 넣어 소리를 내는 대표적인 횡적 악기입니다. 그날 연주된 〈청성곡〉은 대금의 높은 음역에서 우러 나오는 맑고 시원한 느낌이 매력적이었으며, 대금에서만 볼 수 있는 고유하고 독특한 음색의 변화가 특색이었습니다.

낙선재에서 나와 후원으로 들어가면 부용지와 부용정이 있습니다. 이곳은 달빛 기행에서 반드시 와야 하는 큰 이유는 부용지 일원의 야경을 꼭 봐야 한다는 것입니다. 부용지는 '하늘은 둥글고 땅은 모나다'라는 천원지방의 음양 사상에 따라 조성된 왕실의 연못입니다. 두 개의 기둥이 연못에 떠 있는 듯한 모습을 볼 수 있습니다. 영화당의 아쟁산조를 들으면서 부용지의 섬 전경도 놓치지 말아야 할 부분입니다. 또한 부용지 일원에서는 왕가의 산책이라는 특별한 행사도 있었습니다. 그날 우리 가족도 산책의 주인공인 왕과 왕비와 함께 기념사진을 촬영했습니다. 무엇보다도 부용지의 이곳저곳을 산책하다 보면 타임머신을 타고 조선시대로 온 듯한 착각이 듭니다.

이어서 찾아간 곳은 불로문과 애련정입니다. 왕의 만수무강을 염원하여 세운 불로문을 지나면 숙종의 연꽃 사랑을 담은 애련지와 애련정을 볼 수 있습니다. 규모는 작지만 잔잔한 아름다움과 기품을 느낄 수 있었습니다.

이어서 달빛 기행의 대미를 장식할 연경당으로 향했습니다. 연경당은 아버지 순조에 대한 효명 세자의 효심이 담긴 공간으로 궁궐 내의 사대부 집과 유사한 형태로 지어진 주택입니다. 고종과 순종 대에 이르러서는 주로 연회를 베풀고 외국 공사들을 접견하는 등 경사스러운 의례를 행하는 연회 공간으로 활용되었다 합니다. 연경당에서는 전통예술 공연이 시작되기 전 따뜻한 대추차와 오미자차 및 약과를 줍니다. 공연 전에 대추차를 한 모금 마시고 나니 몸이 따뜻해지고 정신이 맑아져서 공연을 감상하기에 참 좋았습니다. 이번 공연은 효명세자가 어머니 순원왕후의 40세 탄신을 축하하기 위하여 1828년 6월 1일 연경당 진작례를 거행하였는데, 이때 공연되었던 정제 중 박접무와 보상무를 선보였으며, 특히 여창 가곡은 내 마음이 흡족하기에 충분했습니다.

박접무는 순조 때 효명 세자가 창작한 것으로 호랑나비가 쌍쌍이 날아와 봄날의 정경을 의미한다는 뜻의 창가를 부르며 추는 무용입니다. 아울러 보상무는 향악정재(鄕樂呈才)중 하나로 연꽃이 그려진 항아리를 얹은 보상반을 중앙에 놓고 항아리 안에 공을 던

지며 춤을 추는 놀이 형식으로, 공이 들어가면 머리에 꽃을 꽂아주고, 들어가지 않으면 얼굴에 먹 점을 찍어줍니다. 그날 4명의 춤꾼이 공을 던졌는데 3명은 항아리에 들어갔지만 1명은 먹 점을 찍고 말았습니다.

모든 공연이 끝나고 창덕궁의 정취와 함께 후원 숲길을 돌아 다시 돈화문으로 돌아왔습니다. 전문가의 해설로 궁궐 곳곳 숨은 이야기를 듣는 달빛 산책과 전통차를 곁들인 전통예술 공연, 휘영청 떠오른 보름달 아래서 청사초롱을 들고 창덕궁의 야경을 감상하는 달빛 기행의 진한 여운을 느끼면서 그동안 잊고 지냈던 것들의 소중함을 절실히 깨닫게 되었습니다.

이런 소중한 시간을 만들어 준 가족에게 이 지면을 빌어 다시 한 번 고마움을 전합니다. 감로수처럼 달콤했던 달빛 기행이었습니다.

(그린에세이 60호, 2023. 11-12.)

지인(知人)

좀처럼 수그러들 것 같지 않던 불볕더위도, 서서히 물러나고 조석으로 서늘한 바람이 불어옵니다. 지인과 함께 차와 음식을 나누던 일상들이 얼마나 소중한 일이었는지 새삼 느끼는 요즘입니다. 늘 변함없는 일상이지만, 해가 지고 어둠이 내리면 차 한 잔 들고 어둠을 보면서 고요하게 머뭅니다.

이곳 화성의 시골 마을 지붕 위에도 별들은 들꽃처럼 피어납니다. 별은 우주의 꽃입니다. 지구란 별에 태어나 사랑하는 사람과 가정을 꾸리고 조촐하게 살아가는 노정(路程)만으로도 가슴은 벅차지만, 가끔은 목을 젖히고 별꽃 자리를 찾아 가슴에 품어보는 재미도 쏠쏠합니다. 외롭고 척박한 삶일지라도, 밤하늘의 별을 올려다보며 가끔은 숨 고르기를 하면서 지인과의 인연을 생각합니다.

기후 온난화로 불볕더위가 계속되던 어느 날, 예고도 없이 찾아온 병마 때문에 장모님께서 병원에 입원했습니다. 너무 놀라서 병원에 달려갔지만 이미 손을 쓸 수 없는 지경에 이르렀습니다. 자녀들에겐 청천벽력이었고, 집안에 날벼락이 떨어진 형국이었습니다. 자녀들이 어떻게 하면 지금보다 편안하게 모실까 궁리해 봐도 뚜렷한 방법이 떠오르지 않았습니다. 서울 중앙○○병원에 근무하는 지인이 있어 입원에 관한 절차를 안내받고 즉시 필요한 서류를 들고 달려가 의사 선생님과 상담할 수 있었습니다.

가족 중에 병원에 입원환자가 생기면 정신이 없습니다. 병원에 출입할 일이 없는 나도 마찬가지였습니다. 그날도 자동결제기가 옆에 있는 것도 모르고 접수처 앞에서 하염없이 순서를 기다리고 있는데 지인께서 바쁜 일정을 뒤로하고 달려와 입원 절차 등을 세심하게 배려해 주었습니다. 또한 상담이 시작되기 전, 우리 가족을 의사 선생님에게 '지인(知人)입니다'라고 소개하는 등 여러모로 신경 써준 덕분에 장모님을 좋은 병실에 편안히 모실 수 있었습니다. 요즘은 가족이라도 병실을 방문할 수 없습니다. 병원 규칙에 따라 코로나19 검사를 받고 그 결과가 음성인 사람만, 병원에서 확인 후, 출입할 수 있습니다. 그런 어려움이 있음을 알고 지인께서는, 수시로 장모님 병실을 방문하여 환자의 상태를 확인하고 필요한 조치도 해주었습니다.

병실에서는 최적의 의료서비스를 제공하고 있었고, 과학적이며 체계적으로 장모님을 보살피고 있었습니다. 심지어 환자의 대·소변까지 확인하고, 그 상태를 매일 점검하여 여생을 인간으로서 질

높은 삶을 유지해 주는 데 최선을 다해 주었습니다. 또한 마지막 순간을 평안하게 맞이할 수 있도록 정성을 다하고 있는 모습에 저도 울컥했습니다. 그 지인 덕에 우리 가족은 심리적 안정을 되찾았습니다. 또한 간호사분들과 종사자분들이야말로 인간의 존엄과 생명의 기본권을 존중하는 간호의 기본을 철저히 실천하는 분들이라 느꼈습니다. 병원 관계자 모두의 천사 같은 마음 씀에 매우 감동했습니다.

인생은 잠깐 왔다가 사라지는 것이라고 합니다. 누구도 자신이 떠나는 시점을 알 수 없습니다. 감정의 숲이 아직은 푸른 숨을 쉬고 있는 나 자신도 새삼 놀란 건 사람은 세상에 태어남과 동시에 죽음도 함께 온다는 걸 다시 한번 느꼈기 때문입니다. 죽음을 담담하게 받아들이는 이는 없을 것입니다.

병상에 계신 장모님을 뵈면서 인생의 덧없음이 피부에 와 닿았습니다. 그래서 언젠가 나에게도 찾아올 죽음이 억울하지 않도록 즐겁게 살자고 마음을 굳게 다졌습니다. 하지만 병원에서 돌아오는 길에, 그렇게 다짐했던 마음은 금방 사라지고, 정작 내일 할 일 걱정에 굳게 먹었던 결심은 물거품이 되곤 합니다.

집에 와서도 가슴은 먹먹합니다. 지금 장모님께서 힘들어하는 일이 내게 일어난 일이라고 가정해 보면 나는 어떻게 남은 생을 마무리할까? 이 생각 저 생각도 해보았지만, 어느 것 하나 소중하지 않은 게 없어 쉽게 결론을 내리지 못합니다. 옛날 어르신들이 '저

승길은 멀리 있지 않다. 바로 대문 앞이 저승이다.'라는 말씀이 새록새록 떠오릅니다.

그동안 장모님께서 병마와 싸우며 힘들어할 때 혹 희희낙락하지는 않았는지 고개가 절로 숙어집니다. 사랑하는 가족을 두고 병마와 싸우느라 애간장이 다 녹았을 장모님 생각에 가슴이 아파 옵니다. 창문 너머 밤하늘을 보며 감사하는 마음으로 기도합니다.

"장모님! 아직은 외롭고 힘들겠지만 때가 되지 않았으니, 조금은 천천히 가도 늦은 것은 아닌 것 같습니다. 늘 편안한 마음으로 계십시오."

얼마 후, 아내와 함께 그 지인을 만났습니다. 그분과 대화하면서 느낀 생각이지만, 편안함이 가득한 분위기를 느꼈습니다. 그분은 워낙 겸손한 분이라서 이 지면을 빌어 다시 한번 진심으로 감사드립니다.

누구든지 좋은 마음을 지닌 사람을 만난다는 것은 행복한 일입니다. 그런 사람은 멀리 있어도 항상 많은 사람에게 감동을 줍니다. 우리가 살아가면서 만나는 좋은 인연이야말로 인생의 가장 큰 선물이 아닐는지요? 그렇다면 저도 누군가에게 진정 죽어서도 잊히지 않을 선물이었으면 좋겠습니다. 인연의 소중함을 다시 한번 느끼게 해준 지인(知人)에게 진심으로 감사드립니다.

두 번째 여자

모기한테 물려 빨갛게 부어오르는 자국을 보면서 엄살을 피우던 아이가 어느새 어엿한 고교생이 되어 오늘도 학원에 간다.

새벽 5시, 소박하고 평범한 일상이 시작된다. 아내는 딸아이가 눈을 뜨면서부터 아침 식사를 준비하는 손길에는 연신 사랑이 움튼다.

아이가 특별 주문하는 식단에는 우선 단백질이 풍부할 것과 영양소가 골고루 포함된 것, 물론 평소 먹는 비타민까지 꼭 챙긴다. 아내는 왕복 80여 킬로의 거리를 매일매일 승용차로 딸아이를 통학시킨다. 아내의 극심한 진통 끝에 세상에 태어난 새 생명이니 오죽 소중하겠는가. 새벽부터 밤늦게까지 딸아이 뒷바라지로 피곤도 하련만 아내의 눈빛에는 늘 행복감이 듬뿍 담겨있다.

나의 두 번째 여자는 고3이 다가오는 늦둥이 딸이다. 학교 공부를 잘하고 싶지만, 몸도 마음도 지쳐서 책상에 누워 잠만 자고 싶어 한다. 진로를 걱정하며 열심히 공부하는 것처럼 보이지만 집중이 되지 않아 힘들단다. 교실에서는 선생님께서 수능 치른 선배들의 이야기를 하면서 철저히 준비하지 않으면 후회한다고 겁을 준단다. 또한 엄마는 주변 사람들과의 교류에서 얻은 입시정보로 아이에게 큰 부담도 준단다.

딸은 무엇을 어떻게 해야 할지 잘 모르겠다고 잔뜩 긴장된 얼굴뿐이다. 늘 공부하는 쪽으로 마음을 붙이고 책을 봐야 한다는 눈치를 주었기 때문이었을까. 아내는 아이 눈치를 보면서 분주하게 음식 준비를 한다. 주방에서는 그릇 닦는 소리조차 조심스럽다는 것이 느껴진다.

아버지의 체면 때문에 좋은 대학에 들어가야 하고, 돈을 잘 벌기 위하여 서울대학교에 들어가야 한다는 지나친 기대가 딸에게 큰 부담을 준 것은 아닌지 몹시 걱정되었다. 나는 딸아이를 한 인간으로서 인격적으로 사랑하고 싶은 마음이 있어도 표현 못 하고 안절부절못할 때가 많았는데 이번 일로 딸이 자잘한 불쾌감은 없었는지, 보이지 않은 곳에서 애만 태운다.

아비의 자식에 대한 지나친 기대가 잘못임을 비로소 깨닫고 마음을 비우니 딸의 고통이 비로소 눈에 들어왔다.

그동안 딸아이한테 했던 말을 생각해 본다. 이 아비의 체면을 생각해서 좀 더 좋은 학교로 진학하기를 바라는 마음으로 식사 시간에도 공부 열심히 하라고 압박을 가했고, 무조건 좋은 대학에 들어

가야 한다고 강요만 했다.

이렇듯 아비의 노골적인 압박에 딸아이가 받는 스트레스가 오죽했을까. 아이가 혹 부정적인 생각이 움트지나 않았을까 심히 걱정도 된다. 이런 집안 분위기가 딸을 더 숨 막히게 한 것은 아닌지 그것마저도 걱정된다.

딸이 마음을 열고 자기 인생을 스스로 찾아가는 재미를 느끼며, 친구들과 경쟁하면서도 열심히 공부하는 즐거움과 긴장감을 함께 느끼면서 생활했으면 좋겠다. 또한 하나의 의미를 찾아 흥미진진한 미래의 꿈을 꾸면서 정진했으면 좋겠다.

가족의 사랑은 한 번에 풍덩 빠지는 것이 아니라 서로가 마음을 열고 서서히 스며들어 간다는 것을 이제야 알았다. 세상이 점점 빠른 속도로 변하고 있다. 그 속에서 살아가기 위해서는 아이에게도 자신이 흔들리지 않는 자아가 필요하다. 아이가 1년 후, 고3이라는 둥지 밖으로 나오면 더 많은 이야기를 들려주고 싶다.

모처럼 공휴일이다. 아내가 당신 좋아하는 것으로 요즘 뜨는 영화를 예매했으니 보러 가자고 한다. 아이의 학원이 있는 평촌으로 가서 우리는 영화 보고 저녁 먹고 아이가 학원 끝나는 저녁 열 시쯤 데리고 오면 좋을 것 같다고. 우리 가족의 모든 일은 오로지 딸아이의 스케줄과 연결해야만 원만하게 유지된다. 내 주변에 아내랑 영화 보러 다니는 친구 있을까. 굳이 성공하지 않았어도 만 원권 몇 장으로 이렇게 큰 행복을 누릴 수 있다는 것은 얼마나 좋은 일인가. 이 모든 것에 대하여 아내에게 깊은 고마움을 느낀다.

오늘도 모든 가족이 새벽에 일어났다. 벌써 이런 생활이 시작된 지 한 달이 넘었다. 드디어 나의 두 번째 여자에게 마음의 편지를 쓴다. 농담 같지만, 늦둥이를 만들기 위하여 엄마의 골수가 많이 희생되었으니 그 누구보다도 건강하게 공부 잘하기를 바란다는 따뜻한 위문편지를.

뿌리

한식날, 고향에 간다. 아버님과 어머님의 묘를 파서 천호성지 봉안 경당에 안치하는 날이다. 길옆 양지바른 산기슭엔 성급한 산수유나무가 꽃망울을 터트리고 있었고, 우뚝 서 있는 도로변 광고판에는 늘 새봄을 맞이하는 마음으로라는 글귀가 정신을 번쩍 들게 했다. 새봄이란 단어가 일시에 파장을 일으켰지만, 고향의 가족과 천호성지에서 만나기로 약속되어 있는 날이라서 편안한 마음으로 달려간다.

우리 3남매는 김녕김씨 충의공파의 후손으로 쇠북 종(鍾)자 돌림으로 종백(鍾白), 종걸(鍾杰)이며, 김녕김씨 충의공파 시조(始祖)인 김시흥(金時興) 선조님으로부터 27세 항렬, 쇠북 종(鍾)자에 준거한 이름이다. 여동생은 용례로 대종회 항렬과는 무관하다. 항렬의 순서로 아버지는 천(天)자, 규(圭)자로, 규(圭)자 항렬이고, 나는 종(鍾)자, 아들인 창연(昌淵)은 연(淵)자 항렬이다.

할아버지께서는 충남 논산시 은진면 김녕김씨 집성촌에서 부여로 이전하여 부여군 세도면 화수리에 정착한 후, 아들 셋을 두었다. 큰아들은 강경으로 이전하여 2남 3녀를 두었는데, 김녕김씨 충의공파의 후손으로 쇠북 종(鍾)자 돌림인 첫째 종원, 둘째 종선, 3녀는 대종회 항렬과는 무관한 금자, 금옥, 옥자이다. 둘째 아들은 2남을 두었는데 역시 쇠북 종(鍾)자 돌림인 종삼, 종봉이다.

나는 어렸을 때부터 아버지에게서 국민학교(지금의 초등학교)에 들어가기 전, 한글과 한문을 배웠다. 또한 틈만 났다 하면 세보(世譜)를 꺼내 놓고 가문의 역사와 전통을 가르쳐 주셨다. 어떻게 보면 나는 그때부터 집안 족보에 눈뜬 셈이다. 어느 날인가 아버지께서 내게 말씀하셨다.

"종걸아, 너는 어디를 가든 항상 김녕 김가라는 사실을 명심하거라. 너는 김녕김씨의 시조(始祖)인 김시흥(金時興) 선조님으로부터 27세손이며, 충의공(忠毅公)의 17세손이다. 박팽년 성삼문 등과 더불어 단종 복위를 위한 비밀결사를 구체적으로 지휘한 충의공(忠毅公) 백촌(白村) 김문기 선조님의 충의공파(忠毅公派) 후손이다. 사람이라면 누구나 자기 뿌리를 알아야 하느니라. 네가 조금만 더 크면 충의공인 백촌(白村) 김문기 선조님이 얼마나 위대한 어른인가를 알게 될 것이다. 꼭 잊지 말거라."

그 말은 사실이었다. 파조(派祖) 충의공(忠毅公) 휘 문기(文起) 선조님의 자는 여공(汝恭), 호는 백촌(白村)이다. 1399년 옥천군 이원면 백지리(沃川郡伊邦院面白池里)에서 호조판서를 역임한 퇴휴당(退休堂) 순(順)의 손자이며, 증용 의정관(觀)의 아들로 태어났다.

1426(세종 8)년에 문과에 급제하여 춘추관 기사관으로 있으면서 세종 13년 태종실록 편찬에 참여하였고 예문관 검열 및 사간원 좌헌납을 거쳐 경상도 아사(亞使)와 안동부사 등 여러 관직을 역임했고, 함길도 관찰사로 나가 변경의 각 지역에 둔전(屯田)을 설치하여 여진족의 침략에 대비하는 장기 대책을 건의한 후, 실행에 옮겨 많은 치적을 남겼다. 이때 문종은 임종(臨終)을 맞아 김종서(金宗瑞)·민신(閔伸)·조극관(趙克寬)·김문기(金文起) 선조님에게 나이 어린 세자의 장래를 보호해 달라고 부탁했다. 이 명을 받은 김문기(金文起) 선조님께서는 조정의 중의(衆意)를 능히 이끌 수 있는 인물로 신망이 두터웠으며, 성실하고 강직한 인품으로 능력을 인정받았기에 고명을 받드는 중임을 맡게 된 것이었다.

1453(단종 1)년 형조참판에 제수되었고 천추사(千秋使)로 중국에 다녀왔다. 이때는 이미 모든 권력이 수양대군으로 넘어갔으나, 이징옥(李澄玉)이 난을 일으키자, 토평서로 함길도병마도절제사(咸吉道兵馬都節制使)에 임명되어 난을 마무리 짓고 북변의 소요를 완전히 평정하였다.

1455년에는 공조판서 겸 도진무로 있으면서 수양대군의 찬위(簒位)에 의분을 느껴 박팽년(朴彭年)·성삼문(成三問)과 더불어 결의하고 단종 복위를 위한 비밀결사를 구체적으로 지휘하였다. 하지만 이것이 발각되어 혹독한 고문을 받았지만, 자신의 희생으로 다른 사람은 누구도 다치게 하지 않았다. 만약 김문기(金文起) 선조님께서 심약했더라면 수없이 많은 사람이 희생되었을 것이라고 전한다. 세조를 제거하고 단종을 복위시키려는 과정에서 중요한 임무인 병력 동원을 맡았는데 비록 거사가 성공하지 못했지만, 동지들을 보호하려는 의기는 말할 것도 없었고, 선왕의 고명을 받들기 위한 충절은 가히 하늘에 사무쳤으니 끝내 사지가 찢기는 차열형(車裂刑)을 받아 순절하셨다.

훗날, 충절의 정신으로 몸을 바친 지 275년이 지난 뒤인 1731 (영조 7)년에야 복권되고 충의(忠毅)라는 시호를 받았다. 당시 선조님께서는 절의의 상징이었으며, 효성 또한 극진했고, 학문의 깊이에서나 인품에서도 만인의 우러름을 받았다는 기록을 여러 곳에서 찾아볼 수 있다. 특히 당대의 대문호이자 석학이었던 서거정(徐居正)은 역률에 의해 참살당했음에도 불구하고 김문기(金文起) 선조님의 이름 뒤에는 반드시 '선생'이란 호칭을 사용하였고, 여러 사우(祠宇)에 모셔졌던 것으로도, 가히 그 인품을 짐작할 수 있겠다.

천호성지에 도착해서 형님 내외분과 동생 내외, 조카들과 함께 봉안 경당에서 아버님과 어머님의 유해를 모시고 부활 성당 주임 신부님의 주례로 봉안 예식을 엄숙하게 올렸다.

천호성지 봉안 경당은 1층에 있고, 2층은 부활 성당이다. 지하

같기도 하고 1층 같기도 한 봉안 경당으로 들어가는 입구에는 성경 말씀과 더불어 어느 인디언과 한 시인의 글이 게시되어 있다. 천호 성지에 갈 때마다 정독했지만 언제나 뭉클한 마음을 금할 수가 없었다. 특히 오늘은 봉안 예식이 끝난 후라서 그런지 〈해 지는 곳과 해 뜨는 곳〉 〈어제와 이제가 만나는 곳〉이라는 시를 다시 한번 묵상하면서 부모님을 깊이 생각하는 시간이 되었다.

내 무덤가에서 울지 마세요/ 나는 거기 없고 잠들지 않았습니다./ 나는 이리저리 부는 바람이며/ 금강석처럼 반짝이는 눈이며/ 무르익은 곡식을 비추는 햇빛이며/ 촉촉이 내리는 가을비입니다.// 당신이 숨죽은 듯/ 고요한 아침을 깨면/ 나는 원을 그리며 포르르/ 날아오르는 말 없는 새이며/ 밤에 부드럽게 빛나는 별입니다. (하략)

— 인디언의 시 〈해 지는 곳에서〉

사랑하는 그대여/ 좀 더 가까이 귀에 대고 말하지만/ 바람, 눈, 햇빛, 비/ 그 어느 것도 나는 아니요/ 그들 속에 나는 없답니다.// (중략) 사랑하는 그대여/ 내 무덤가에 서서 울지 마세요/ 거기 서서 지난날을 돌아보며/ 우리가 함께 했던 기쁨과 슬픔/ 위로와 상처를 불러 모아/ 연금술사처럼 모든 것을 사랑으로 비추고 있는/ 그대의 가슴속에 나는 이렇게 살아 있으니까요.

— 〈해 뜨는 곳에서〉

오로지 자식만을 위하여 사셨던 부모님께서는 지금도 하늘나라에서 가족을 위하여 늘 기도해 주고 계실 거라 믿고 있다. 뒤돌아보니 부모님께 부족했던 아들이었지만, 오늘만큼은 부모님을 위하여 두 손 모아 기도드린다. 천상에서는 늘 행복하게 잘 계시라고.

세월이 많이 흘렀다. 부모님 돌아가신 지 어언 십여 년이 훌쩍 지나갔다. 지난날 부모님과 함께 할아버지 할머니 내외분의 산소를 이장해서 충남 논산시 성동면의 선산에 모셨던 기억이 엊그제 같은데 벌써 육십을 넘긴 노년의 입구에서 부모님의 묘를 파서 천호성지에 모셨으니 세월 참 빠르다.

부모님을 천호성지 봉안 경당에 모시게 된 경위는 살아생전에 어머님께서 묵주를 손에 들고 가족을 위하여 기도하시던 모습이 떠오르기도 했지만, 늘 하느님과 함께하고자 했던 우리 가족의 염원을 이룬 것이기도 하다. 그동안은 장손이신 형님께서 묘지 관리를 했었고, 파묘 후 화장까지 도맡아서 했다. 하지만, 내가 한 일은 없다.

사실 이번 행사를 형님께서 아니 할 말로 '나 못한다'라고 한들 나로서는 할 말이 없었다. 하지만, 형님께서 먼저 천호성지로 옮기는 것을 제안해서 더 놀라웠고 고마웠다. 사실인즉 나로서는 그런 행사를 하고 싶어도 실천에 옮길 수가 없었다. 간단히 말하자면 그쪽에는 내가 연고가 없기 때문이다. 아무튼 형님의 그 말을 듣는 순간 나는 진정한 혈족의 의미를 거듭 확인했고, 어린 시절, 어렵게 생활했던 옛 생각까지 떠올라 콧날이 시큰했다. 잠시 생각을 가다듬은 뒤 내가 말했다.

"그렇게 할 수만 있다면 더 바랄 나위가 없지요. 형님 뜻에 따르겠습니다."

형님은 나의 동의를 구한 뒤, 한식날에 굴착기로 파묘를 하여 부모님 유해를 화장한 후, 천호성지 봉안 경당에 모셨다. 이에 관련된 제반 비용은 부모님 상을 치르고 남겨둔 가족 공동기금을 사용했다. 이처럼 번듯한 천호성지의 봉안 경당에 부모님의 거처를 마련해 드렸으니 감개무량했다. 봉안 예식을 모두 마치고 부모님 살아생전에 자주 왔던 왕궁 저수지 옆 식당에서 예식에 참여한 모든 가족에게 음식을 대접하는 걸로 나는 만족해야만 했다.

이번에 부모님의 묘소를 천호성지 봉안 경당에 모신 일은 잘한 일이었다. 우리 형제자매들이 수시로 드나들 수 있는 곳이고, 무엇보다도 남의 땅이 아니기에 최소한 누군가 타의에 의해 분묘 개장을 강요받을 일도 없다. 특히 명절 때와 제사 때마다 대두되는 벌초 문제가 해결되었고, 우리 후손들이 찾아오기도 쉽다. 묘소가 산에 있을 때는 찾아가기가 쉽지 않았지만, 이번 일로 인하여 그동안의 모든 불안과 걱정을 말끔하게 씻어낼 수 있었다.

우리 세대가 죽고 나면 객지로 나간 차세대의 경우 십중팔구 묘소에 온다는 것은 무리였다. 하지만 천호성지는 대한민국 가톨릭

신자라면 누구나 아는 곳이라서 눈 감고도 찾을 수 있을 만큼 좋은 입지 조건을 갖추고 있다. 이로움은 그뿐만이 아니었다. 성묘도 한 번에 다 해결됐다. 전에는 고향 성당에서 미사를 봉헌한 뒤, 묘소에 찾아갔는데, 지금은 천호성지 2층 부활 성당에서 미사를 봉헌한 뒤, 1층 봉안 경당으로 자리를 옮겨 추모의 시간을 갖는다. 또한 교통까지 편리했다. 승용차든 화물차든 마음만 먹으면 천호성지 봉안 경당 앞까지는 자유롭게 드나들 수 있다.

매년 성묘에 무척 신경을 써왔는데 비로소 큰 숙제 하나를 해결한 셈이었다. 훗날 내가 죽으면 반드시 부모님 계시는 천호성지 봉안 경당으로 돌아와 뼈를 묻겠다고 다짐했다.

해가 서너 발쯤 남아 있을 무렵 모든 행사가 마무리되었다. 당초 예정보다 일찍 끝난 셈이었다. 요즘 꿈속에서조차도 뵙지 못했지만, 살아생전 나를 끔찍하게 아껴주셨던 부모님의 모습이 갑자기 뇌리에 떠올라서 심장이 멎은 듯, 마음을 가눌 수가 없어서 귀가하던 중 자동차를 갓길에 세우고 한참 동안 눈물을 쏟고 나서야 다시 출발할 수 있었다.

한 모금 가쁜 숨을 내쉬며

어느새 지는 해가 바다 깊숙이 빠져든다. 하염없이 바라본다. 아쉬운 석양을 감싸듯 뭉게구름이 일렁이며 붉게 물든다. 살짝 손을 대기만 해도 내 몸까지도 황홀하게 붉은빛으로 물들 것 같다. 어둠이 조금씩 불빛을 삼키듯 잿빛으로 적막에 잠긴다. 누군가의 숨 고르기가 들리듯 어디선가 한 가닥 가쁜 숨소리가 들리는 것 같다.

지난해 봄, 제주도 여행에서 전복과 해삼을 따던 해녀들을 보았다. 휘파람 소리 같기도 하고 어찌 들으면 슬픈 새소리 같기도 했다. 잃어버린 새끼를 부르는 것 같은 소리. 그것은 해녀들이 깊은 바닷속에서 해산물을 캐다가 숨이 턱까지 차오르면 물 밖으로 나오면서 가쁘게 내쉬는 숨소리, 숨비소리라고 했던가. 스러지는 노을 자락을 바라보며 환청인 듯 숨비소리를 듣는다.

삼십사 년, 현장 경찰 근무를 마감할 시간이 눈앞에 다가온다. 대한민국의 중심인 서울에서 처음 경찰로 입문하던 날, 남대문 앞

노상에서 군중들과 함께 밤을 지새우며 격한 몸싸움을 벌이던 날들과 한 해 한 해씩 보낸 꿈같은 시간이 눈앞을 스쳐 간다.

첫 근무지에서는 사격과 무도 훈련이 많았다. 늘 긴장하는 생활이었기에 방심하면 사고의 위험성이 도사리고 있었다. 하지만 유도 3단 젊은 경찰관의 혈기는 왕성하여 하늘을 찌를 듯했다. 많은 동료 앞에서 유도 시범을 보이는 자리가 있었다. 너무 열심히 훈련하는 중에 어깨와 빗장뼈가 한꺼번에 골절되는 상처를 입었다. 그때 그 고통과 숨 가쁨이란 이루 형언할 수 없었다.

늦게 시작한 경찰 생활은 굽이굽이 가파른 길이었다. 옥상에서 자살 소동을 벌이는 남자를 설득하여 귀가시켰지만, 3일 만에 변사체로 또 다른 현장에서 발견되었고, 집을 나간 치매 노인을 밤새도록 찾아다니다가 어두운 논둑길에서 사경을 헤매던 치매 노인을 발견하여 병원으로 급히 호송, 그를 다시 숨 쉬게 했을 때의 그 숨 가쁜 상황들, 절도사건 현장에서 검거된 자가 하필이면 고등학생으로 그 부모의 애절한 사연 때문에, 인간애(人間愛)와 법(法)의 틈바구니에서 갈등하며 숨 가쁜 시간을 보내야만 했던 일, 동반자살을 결심하고 자동차 안에서 번개탄을 피우며 생명을 단절하려던 어린 청년을 조기에 발견하여 다시 숨 쉬게 했을 때 눈물을 글썽이던 동그란 눈, 그 눈물을 닦아주며 껴안아 주던 일들은 내게 새로운 숨쉬기였다. 또한 살인사건이 발생하여 흉기에 찔려서 가슴속에서 용솟음치는 선혈로 긴박한 시간을 보내야만 했던 현장에서 내 숨은 얼마나 가빴던가. 늘 헐떡이며 숨 쉴 틈도 없이 시간의 날 갯짓을 하면서 달려오지 않았던가.

그렇게 바쁜 시간이 흘러 어렵게 현장 책임자가 되었을 때, 직속 상관이 내 나이 또래였다. 어쩌겠나. 시작부터 늦었던 것을 돌이켜 보면 난 나의 직업을 늘 짝사랑했다. 그토록 가슴 졸이고 애타면서 도 근무에만 충실했지, 다른 것은 하지 못하는 철부지였다. 그것이 때론 주변 사람에게 아픔이 되었을 때, 그보다 더 아팠던 내 마음 을 그들은 알까? 그러나 다시 생각해 보면 그것은 사랑이기보다 집착이고 욕심이 아니었는지. 그래서 날마다 내 숨결은 더 가빴다. 들숨 날숨의 틈새도 없이.

어느새 강산이 세 번 바뀐다는 삼십여 년의 세월도 숨 가쁘게 지 나갔다. 사람들은 나를 좋은 경찰관이라고도 했지만, 때론 엄청 무 서운 경찰관이라고 불렀다. 사람은 사랑하지만, 지은 죄나 잘못을 절대로 넘어가 주지 않는 경찰관, 그때 난 그것이 최선인 줄만 알 았다. 때로는 한 눈을, 더러는 두 눈을 다 감아주어도 괜찮다는 것 을 왜 몰랐을까. 가끔은 후회도 한다.

많은 시간이 지난 후에야 깨달았지만, 남의 잘못에 눈을 감고 넘 어가는 일에는 늘 서툴렀다. 약간의 실수로 저지른 잘못에는 죄를 묻기보다는 이해하는 눈빛으로 넘어가 주는 아량이 더 중요했던 것을. 그땐 왜 몰랐을까. 그렇게도 어려웠을까. 어쩌면 남들보다 더 잘해야 한다는 강박관념 탓은 아니었는지. 그래서 난 경찰 생활

중 만난 모든 사람에게 진심으로 미안하다. 때론 사죄하고 싶어질 때도 많다. 또한, 그럴 수밖에 없었던 나 자신에게도 미안하다. 나의 경찰관 생활은 공직자로서 안팎으로 늘 그렇듯 숨이 가빴다.

그때 나는 어쩌면 현장 지식을 터득하고 집행하는 법을 통달하는 습득에 연연하기보다는 좀 더 자신을 다듬고 가꾸어야만 했다. 인격이나 인성이 중요한 부분임을 몰랐던 것도 아니었다. 간이역 같은 삶의 마디마다 미처 깨닫거나 익숙하지 못했고, 그렇게 서툴렀던 젊은 시절을 돌이켜보니 후회와 안타까움만 남았다. 역시 작은 여유조차 없었던 바쁘다는 핑계와 나대로의 숨이 가빴던 날들이었듯.

이제 곧 경찰을 떠난다. 그동안 최고만을 지향하지는 않았지만, 최선을 다하며 뛰어왔다. 우리 조직은 서로의 역할을 분담키 위하여 계급을 두고 수직적인 분업체계를 가지고 있다. 조직은 뜨거운 열정을 가진 소수가 미지근한 다수를 이끌고 더 나은 무대로 나아가는 것이다. 무슨 일이든지 가슴으로 받아 사실로 인식해야 한다. 어떠한 상황이든지 그 상황에 대한 정의감이 우러나와야 한다. 제복에서 드러나는 겉모양새나 권한이 제 것인 양, 전부인 양 착각해서는 안 된다. 누구의 어려움이든 가슴으로 공감해 주며 공정하게 처리해야만 한다. 그렇지 않고는 사건을 해결하기 어렵다. 물러설 수 없는 한계상황인 듯 어느 순간엔 아찔하기도 했다. 한 개인으로서 조직의 연장선상에서 보면 얼마나 숨이 가빴을까?

이제 모든 것을 다 털어버리고 싶다. 조금씩 마음을 비우고 나니, 생각지 못한 무지개를 본 것처럼 참 아름다운 현상이 보인다. 올라가기 위하여 몸부림치며 숨 가빴던 시간을 보냈던 그 시절에는 보지 못하던 아름다운 것이 보이다니. 놀랍다. 보이는 구석마다 누구의 손이라도 가야 할 곳을 남겨두고 떠나야 하는 마음은 짠하다. 하지만. 좀 더 헌신하지 못하여 마음이 아픈 것은 미처 자라지 못한 자식을 두고 딴 길을 가야 하는 어미의 마음이랄까. 아쉬움은 풀린 실타래처럼 이어져갔다.

그런데 이 자리에 누가 오든지 무슨 상관이 있으랴. 누구든지 사명감 있는 경찰관이라면 정성을 다하여 주어진 근무 영역을 넓히고 가꾸지 않겠는가. 그보다 더 짠한 것은 무너져 가는 공권력이다. 공권력의 권위는 이제 입에 담기조차 민망할 정도다. 경찰관의 멱살을 잡는 술에 취한 사람의 이야기가 낯설지 않다. 파출소에서 경찰관에게 행패를 부리고 오히려 큰소리를 친다. 우리 새내기 경찰관들은 이 험한 길을 어찌 헤쳐 나갈 것인가. 하지만 지금 내게 묻는다면, 나는 다시 태어나도 경찰을 하고 싶다고 내 속에서 들려온다. 소리 없는 외침의 절규처럼.

현실은 언제나 숨 가빴지만, 경찰관 제복을 입고서 숨 쉬며 웃고 울었다. 아팠고 행복했던 세월 모두가 그 속에 있다. 바다의 풍랑이 거칠다고 해서, 오염되어 간다고 해서 어찌 외면할 수 있으랴. 경찰관의 이름으로 헤엄쳐 온 바다요, 내 삶의 영원한 해조음이다.

지금은 숨 고르기가 필요하다. 자기의 몸 하나를 사리지 않고서 바닷속을 헤매던 해녀처럼 긴 숨을 내뱉을 시간임을.

숨비소리, 물질이 끝났음을 알리는 신호다. 삼십여 년 다스리는 세월, 한 모금 가쁜 숨을 내쉬고 나면 얼마나 홀가분할까. 전화벨 소리에도 조마조마했던 생활을 어찌 그리 쉽게 잊겠는가. 그토록 내 몸에 잘 맞았던 제복을 벗는다고 해도, 퇴직 후 잠깐은 먹먹할 것이다. 망망대해에 버려진 조각배처럼, 늘 다니던 길목 어디에서 혼자 서성이지는 않을지. 조금은 두렵다. 이제 한 모금 가쁜 숨을 내쉬며, 그동안 직장에서의 아름다웠던 추억을 꺼내 보리라. 마음 속의 여유를 찾아 해녀가 깊은 바다에서 물질했을 때처럼 천천히 자맥질하리라. 그러다 보면 턱까지 차올랐던 나의 가쁜 숨결도 안정되게 숨을 고를 수 있을 것이다. 그러고는 평범한 삶의 언저리에서 찰싹이는 파도 소리를 들을 수 있으리라. 그곳이 어떤 바다가 될 것인지는 아직은 모르지만, 해녀들의 숨비소리는 새로운 시작의 신호인 것을 깨달았다. 이젠 내 인생에는 삼십여 년 경찰관의 해조음이 바탕색으로 남을 것이다. 그것은 내가 다시 시작하는 자맥질에서 숨 가쁠 때마다 잠시 붙들고 쉴 수 있는 터전이 될 것을 믿기에, 뭉게구름이 일렁이는 황홀한 석양 앞에서도 나의 가쁜 숨은 더 건강하지 않겠는가.

(경찰문화대전 산문부문 우수상, 2018. 10.)

그해 겨울

　밤의 끝자락, 곧 먼동이 터올 즈음, 세상은 오직 함박눈과 나만이 존재한다. 가로등 불빛 아래로 나부끼는 눈발이 마른 나뭇가지 위에 소리 없이 내려앉고, 눈꽃은 소복이 피어난다.

　그날도 온 세상이 눈에 파묻혔다. 함께 걷고 있던 강아지는 온 동네를 뛰어다니면서 발자국을 찍었다. 천지가 순연(純然)한 빛으로 채워지고 눈발이 주위의 모든 소리마저 덮어 버리던 날, 고요함 속에 움직임이 있었고 움직임 속에 고요함이 있었다.

　순백의 세계에 취했던 걸까. 새벽부터 눈길을 걷다가 넘어져 병원에서 30바늘이나 꿰매는 봉합수술을 받았다. 그리고도 간호사가 엉덩이에 항생제 주사를 놓았다. 현장 근무할 때는 툭하면 다치곤 해서 시련이 많았지만, 퇴직 후 크게 다친 건 처음이었다.

　병원 치료를 마치고 집에 도착하자마자 갑자기 얼굴이 붉어지더니 눈 주변이 계속 부어올랐다. 머리가 깨질 듯이 아프고, 숨이 콱 콱 막혔다. 급히 다시 병원으로 내달렸다. 계속되는 통증에 어쩔 줄 몰라 하는 나에게 다이클로페낙(diclofenac) 부작용인 것 같다며 의사는 '잘못되면 죽을 수 있으니 더 힘들다고 느껴지면 큰 병원으로 즉시 옮겨야 한다.'라면서 준비를 서두르라고 한다. 아직은 숨 쉴 만하다고 했지만, 의사는 조금만 기다려 보고 서울대학 병원으로 옮겨야 한다는 말만 되풀이했다.

주사 부작용이 있다는 걸 왜 모르고 있었냐면서 간호사와 의사가 합세해서 아내를 탓하면서 겁을 주었다. 당시 간호사는 주사를 놓기 전에 부작용 따위 물어보지도 않았고, 의사 또한 아무 말이 없었다. 의사와 간호사의 겁박으로 가슴이 콩알만 하게 타버린 아내에게 '이젠 조금 괜찮아졌으니 염려하지 말라'고 달랬지만, 그럴수록 아내는 안절부절못했다. 당시 아내의 안타까운 표정은 내가 살아오면서 처음 보는 얼굴이었다.

병원 침대에 누워서 나 자신을 돌아봤다. 그러고는 한참을 소리 없이 울었다. 자칫 황천길로 갈 뻔했던 순간을 맞고 보니 후회와 반성으로 눈물이 흐른 것이었다. '인생은 허무하다'라던 어른들의 말이 자꾸만 떠오르면서 이내 눈이 감기고 잠이 들었다. 2시간쯤 지나서 아내의 걱정하는 목소리와 간호사의 소리가 들렸다. 이젠 부어올랐던 눈 부위가 조금은 가라앉은 것 같다고.

그날 펑펑 내린 눈이 온 동네를 흰 백색 눈 세계로 변모시켰다. 아파트 주민들은 넉가래로 눈을 치우고 아이들과 합세해서 눈사람을 만들었다. 솔방울로 눈동자를 박고, 숯으로 콧날도 세웠다. 나는 병원에서 퇴원하면서 통원 치료를 시작했다. 그 후, 여러 날이 지나자 점점 아물면서 꿰맨 실밥도 풀었다.

그해 겨울은 유난히 온난화 현상으로 한낮에 온도가 올라가면서 눈사람은 서서히 녹아내렸다. 더운 피의 유전자를 지니지 못한 눈사람은 얼굴이 뭉개지더니 눈동자로 박혔던 솔방울은 땅에 떨어지고, 콧날의 숯은 날아갔으며, 시간이 흐를수록 눈사람의 목은 황새처럼 길어졌다. 점점 가늘어진 몸통 위로 소나무에서 잔가지가 떨어져 박혔고, 흩날리던 가랑잎도 날아와 붙어 있었다.

통원 치료를 끝내던 날, 민망할 정도로 추해진 눈사람은 기어이 형체를 알아볼 수 없게 되면서 내 곁을 떠났다. 잠시 힘들게 보낸 시간을 돌아보며 나도 모르게 눈시울이 붉어졌다. 죽기 직전까지 앓아본 사람은 안다. 육체의 고통이 극에 달했을 때, 인간이란 그지없이 외로운 존재라는 것을.

삼 년이 흐른 요즈음, 눈사람이 떠난 그 자리엔 밤이면 찬 서리가 내리고 사위는 적막하다. 정적과 평온이 흐른다. 밤이 깊어져 갈수록 잠은 오지 않아 나도 모르게 살아온 발자취를 돌아보게 되었다.

남달리 뛰어나거나 기름진 삶을 바란 적도 없었건만, 그동안 시름과 근심이 잦았고 몸은 고단했다. 긴 세월 동안 현장에서 주어진 업무를 완수하기 위해선 어쩔 수 없었다지만, 정말 미련하다 싶을 만치 맡은 바 임무에 최선을 다했다. 그래야만 되는 줄 알고 살아 왔다. 그렇게 온 힘을 기울여 살다 보니 어느새 육십 중반을 넘어 서는 나이에 이르렀다. 점점 소멸의 노을이 전신으로 번진다.

어느 날엔가는 필시 나도 눈사람처럼 홀로 낯선 길 저편으로 사 라질 것이다. 피할 수 없는 필연의 귀결인 줄 알면서도 눈에 보이 는 것, 귀에 들어오는 것 모두가 애틋하다. 소슬한 바람 소리조차 도 애처롭다. 이토록 인간이란 허약한 존재이지 않은가. 그러함에 도 나의 기억 속에는 가족의 온기와 체취가 배어있는 거실의 식탁 과 내 방의 기억들이 죽어라 그리움을 키운다. 이건 필경 내가 늙 어가고 있다는 증거일 터이다. 이런 날엔 내 심장의 구멍이 숭숭 뚫리도록 울고 싶어진다.

사방 어디라 할 곳 없이 낯설기만 했던 화성에서 오늘처럼 눈이 내리는 날에는 자연히 그해 겨울을 떠올리면서 늘 슬픈 감상에 젖 곤 한다.

기차는 떠나고

얼어 있던 지표가 녹으면서 푸석해졌던 흙이 차분하게 가라앉고, 땅속에서 숨죽이고 있던 생명들이 다투어 밖으로 나올 채비를 서두르는 이때쯤엔 기억 하나가 떠오른다. 세월은 많이 흘러갔지만 생생하다.

그해 삼십여 년의 공직 생활을 마치고 접한 사회는 그리 녹록하지 않았다. 마찬가지로 새로 얻은 직장생활도 녹록하지 않았고, 늘 가슴엔 크고 작은 생채기가 남아 있었다. 갑자기 솟구치는 분노로 불현듯 죽어버리고 싶은 생각마저 들었고, 어느 땐 펑펑 울고 나면 속이 시원했다.

이젠 적당히 게을러도 될 나이에 주머니의 지갑도 얄팍하지 않은데, 어느 날 갑자기 불청객처럼 우울증세가 찾아온 것이었다. 하필 그즈음, 장모님의 말기 암 진단을 받았다. 장모님께서 일 년을 살지 한 달쯤 살다 갈지 어쩌면 오늘 밤이 될지도 모른다는 절체절

명의 위기라는 말에 받아들일 수 없는 분노가 일었는데, 정작 당사자인 장모님은 의외로 초연했다. 현실을 담담히 받아들였으며, 한없이 평화로운 표정이었다.

자식 중에는 도시 근교의 요양원으로 옮겨야 한다는 의견도 있었지만, 요양원은 시설면에서 좋은 편이나, 누구나 한번 들어가면 죽어서야 나가는 곳이라는 관념 때문인지 쉽게 나서지는 못했다. 요양원 현장을 방문해 보니 이성적 사고가 제구실 못 하는 노구들이 차고 넘친다는 사실을 목격한 후, 그곳으로 옮기는 것은 단념했다. 결국 장모님의 치료와 요양을 병행할 수 있는 병원에 입원할 수밖에 없었다.

서울 중앙 ○○병원의 7층 병실은 이 세상과 완전히 분리된 것 같은 긴 복도 끝에 있었다. 사람 사는 곳임에도 불구하고 간호사와 요양사의 슬리퍼 소리조차도 없고, 고요 속에 잠겨 있는 것만 같았다. 병실은 마치 고요한 연못에 돌을 던지면 커다란 파장음이 날 것 같은 무거운 적막만이 가득했다. 그저 삶이라고는 존재하지 않고 죽음의 고요만을 느끼는 건 나의 편협한 선입견 때문일까. 장모님께서 입원하던 첫날, 얼핏 스쳐 간 것들이지만, 병실의 간호사와 요양사의 무표정, 그리고 상투적인 언어, 성의 없는 몸짓은 한동안 가슴에 선명하게 아픔과 분노로 남아 있다. 무엇이든 감당하기엔 너무 큰 부피가 어떤 힘에 의해서만 지탱할 수 있었기에 그랬었나. 적막함을 넘어 살벌하게만 느껴지는 것은 나 혼자만의 생각일지도 모른다.

임종 간호 병실은 일반병실에서 질병으로 인해 거쳐야 할 단계적인 것들을 모두 거치고, 오는 곳이다. 인지능력이 떨어지고 수족이 말을 듣지 않아 남의 손을 빌려야 할 상황에 이르면 가족이란 공동체에서 분리되어 결국 이곳으로 온다. 임종 간호 병실이 마지막 기착지인 셈이다. 하지만 인간의 수명을 다 채우고 온 사람도 있었고 한참을 더 살아도 좋을 억울한 사람도 있었다. 삶의 서사가 사라지고 식욕이란 무의식적인 본능만이 생존이란 명분을 유지하는 곳, 하여 나는 이곳을 죽음의 대기실이라 부른다. 죽지도 않은 목숨이 생로병사란 절차에 갇혀 언제 올지 모르는 죽음의 열차를 기다리고 있기 때문이다. 하지만 죽음의 기차표는 늘 매진 상태다.

병실의 환자들은 입술을 파르르 떨면서 큰 고통을 참고 있었고, 단 한 번의 진통 주사(注射)에도 스르르 눈을 감고 잠이 들었다. 상실과 분노와 고통마저도 마비되고, 두려움마저도 지워진 상태에서 통증의 시간에만 잠시 힘들어했다. 아직은 끊어지지 않은 생명을 부여잡고, 표정조차 집착을 끊어낸 편안한 얼굴이었다. 하물며 같은 병실 환우의 임종에도 슬퍼하거나 아파하지도 않았다.

아내는 평일에 꼬박 밤을 새우며 병실에서 장모님과 함께 시간을 보냈고, 처제는 휴일에 장모님과 못다 한 시간을 보냈다. 늘 함께 기도하였고, 편안하게 하느님 곁에 갈 수 있도록 정성을 다했다. 결코 돌아가야 할 그 길이 두려운 곳이 아니라는 것을 심어주려고 온 마음을 바쳤다. 죽음을 선고받은 장모님의 절박한 마음을 다스릴 수 있도록 지극정성으로 매주 손톱 발톱을 깎아주고 머리도 감겨드리며, 함께 기도드렸다. 늘 장모님의 천국행을 간절하게 기원했고 매사에 최선을 다하며 살펴주었다. 하지만 나는 늘 반성하며 생활했다.

긴 세월 동안 한 번도 가보지 못한 저쪽 세상을 천국이라 칭하며 영혼 없는 위로를 하지는 않았는지, 늘 자신을 뒤돌아보는 시간이 많았다. 부족한 삶을 살아온 내가 무슨 일을 했다고 누군가는 말하겠지만, 내가 한 일은 하나도 없다. 다만 매사에 자식된 도리를 다하고자 충실히 노력했을 뿐이다. 어느 날이었던가. 병원 지인을 통하여 사위 소식을 들으면서 티끌만큼의 위로도 되지 않았을 텐데, 장모님께서는 검버섯마저 깨끗하게 핀 얼굴로 환하게 웃어주었다고 전해왔다.

11월 중순 무렵, 병실에 다녀온 아내가 장모님하고 말도 못 하고 그냥 눈만 바라보며 시간을 보내다 돌아왔단다. 장모님의 상태를 설명하면서 통증이 있을 때 외에는 편안하게 잘 계시지만, 시간이 갈수록 점점 얼굴이 야위어 가는 것을 느낄 수 있단다. 하지만 처제는 처음 입원했을 때보다 편안해졌다고 한다. 당황스러웠다. 할 수 없이 병원의 지인을 통해서 상태를 확인해 보니 아내의 판단이 옳았다.

장모님께서는 입원한 지 5개월이 넘어서던 11월 하순, 코로나19

가 덮치면서 누구나 떠나는 길을 따라 침묵의 행간을 헤아리다가 어둑한 병실에서 휴가를 가듯 죽음의 기차를 타고 가족의 손을 놓아버렸다.

임종 간호 병실에서의 짧은 시간은 내 삶의 중심점을 바꿔 놓았다. 그곳엔 나보다 더 암울한 사람들이 조용하게 마음을 비우고 있었고, 내일이 없는데도 불구하고 언제나 평화로운 모습이었다. 인간의 존엄한 모습인 초연함과 의연함도 돋보였다. 그 모습을 본 순간부터 내 사고의 껍질은 점점 벗겨졌고, 우울이란 늪에서 완전히 빠져나왔다.

삼 년이 흐른 요즈음, 장모님께서 삼 년 전에 홀로 기차를 타고 떠났듯이 대기실 밖에 머무는 은빛 기차는 점점 노후되어 여기저기 삐걱거려 손볼 곳이 많아졌고, 광범위했던 선택의 폭은 막다른 골목처럼 좁아졌다. 하지만 훗날 다가올 나의 은빛 기차만큼은 빈들 앞에 서서 바라다본 일몰의 잔광처럼 고운 빛으로 다가오리라.

6 — 그 마음 한 줌

거짓이 없는 사실인 것, 착한 것, 아름다운 것은

사람들에게 감동을 준다.

감동은

인생을 풍요롭게 하며, 멋있고 아름다운 세상을 만든다.

그 마음 한 줌이 스며든 오늘도

감사하는 마음으로 배려하면서 살아가리라.

겸손한 삶은 언제나 감사한 일뿐이니까.

-본문 중에서

인간애와 법(法)의 틈바구니에서

야간 근무가 시작된다. 옷장에서 이번에 새로 받은 근무복으로 갈아입는다. 푸근하고 따사로운 정감이 전신을 휘감는다. 더 잘해야겠다는 새로운 각오가 생기면서 가슴이 뿌듯하다. 이런 기분도 잠시, 엊그제 연달아 일어났던 사건들이 회상되며 마음이 어두워진다. 갑자기 돌아가신 어머니 생각에 시야가 흐려지면서 안개에 싸인 을씨년스러운 창밖을 바라본다.

그날 밤 열 시 삼십 분, 사무실 안은 한산했다. 그때 일반전화의 벨이 밤의 정적을 흔들었다.

"아파트 통로 앞에 매어둔 고가의 자전거가 없어졌어요!"

절도사건의 신고 전화였는데 순간 나도 모르게 탄식의 소리가 새어 나왔다. 내가 근무하는 이곳 파출소는 관할구역도 넓을 뿐 아니라, 크고 작은 공장들이 난립해 있고, 절도사건이 심심치 않게 발생한다. 3일 전에도 자전거 절도사건이 발생하여 미제(未濟)로 남아 있는 터였다.

즉시 순찰 요원과 함께 현장으로 달려갔다. 피해자 가족을 만나서 확인하니 아파트 10층과 16층 복도에 세워둔 고가의 자전거만 골라서 가져갔다고 한다. 직원들과 함께 아파트 관리실의 CC-TV를 검색하고 아파트 주변 상가를 수소문했다. 세 명의 절도범이 새벽 1시쯤 아파트 출입문 앞에 세워둔 고가의 자전거에 채워진 자물쇠를 뜯고서 가져가는 모습이 포착되었다.

인상착의를 휴대전화로 촬영하여 전 직원에게 배포한 후 아파트 주민들을 상대로 절도범의 얼굴을 보여 주며 탐문 수사를 시작한 지 3시간 만에 세 명을 모두 체포(逮捕)할 수 있었다. 절도범들은 같은 아파트에 거주하는 청년들로 독서실에서 공부하는 취업 준비생, 편의점 아르바이트를 하는 휴학생, 무직으로 할머니와 함께 거주하는 부모가 없는 청년이었다. 그런데 갑자기 아파트 관리실에서 CC-TV를 검색하던 직원에게서 연락이 왔다. 같은 날 새벽 두 시경에도 한 남자가 1층의 자전거를 훔쳐 가는 장면이 CC-TV에 녹화되어 있는데 탐문 결과 같은 아파트에 거주하는 고등학생으로 확인되었다고 한다. 직원이 그 학생과 동행하여 파출소로 오겠다고 한다.

파출소에 도착한 학생은 귀여움이 가득했으며, 주위의 평판도 좋았다. 장래가 촉망되는 칭찬도 받는 아이였다. 잠시 후 학생의 모친이 파출소로 달려왔는데 아들을 보자마자 벌써 눈가에는 눈물이 맺혀있었다. 학생의 모친은 다시는 이런 일이 없도록 단단히 교육하겠으니 용서해 달라고 애절하게 사정했다.

모친에게서 짙은 모정(母情)이 느껴졌다. 십 년 전에 돌아가신 어머니가 생각났다. 내가 경찰서로 초임 발령받았을 때 어머니께서는 내 손을 잡고 "언제나 힘없고 불쌍한 사람의 편이 돼서 일해야 한다."라고 당부의 말씀을 하셨다. 지금까지도 사건을 대할 때마다 그 말씀을 되새기곤 한다. 한동안 파출소 한쪽 구석에서 울먹이던 학생의 모친이 한없이 가여웠다. 그의 모친이 나에게 매달리며 또다시 애원했다.

"우리 아들 용서해 주시는 거죠? 그렇죠?"

"노력해 보겠습니다."

힘없는 내 대답에도 학생 모친의 절박함은 더 간절하게 느껴졌다. 지푸라기라도 잡으려는 모정 때문에 마음은 무겁고 아팠다. 얼마 후 학생의 부친도 파출소를 찾아왔는데 팔뚝에는 문신이 가득하고 인상을 잔뜩 쓰고 있었다. "하라는 공부는 안 하고 엉뚱한 짓을 했어."라며 씩씩대더니 주먹으로 학생을 한 방 칠 기세다. 학생은 본능적으로 주먹을 피했다. 그런 그를 내가 제지하려 하자 그는 대뜸 "내 아들 내가 혼내주려고 하는데 왜 막느냐?"며 시비를 걸었다. 참 어이없다. 부모는 모름지기 아들이 어떠한 잘못을 했어도 모든 것은 다 부모 책임이라며 자식을 보호해야 하는데 어찌 더 주눅 들게 한단 말인가. 그 학생이 더 가여워졌다.

내가 일단 학생에게 훔쳐 간 자전거에 대하여 질문하였다. 입을 다문 채 아예 고개를 숙이고 울먹이기만 했다. 그애의 모친이 다가와서 학생을 안아주자 비로소 말문을 열었다. 그애는 자전거를 계속 타고 싶어 아파트 옆 골목에 자전거를 숨겨 두었다고 진술했다.

현장에 있는 직원이 아파트 옆 골목에 자전거는 그대로 놓여 있어 회수했다는 연락이 왔다. 자전거 피해자를 만나러 갔던 직원이 돌아와서 하는 말이 피해자가 한사코 절도범인 학생의 처벌을 원치 않는다고 하면서 모든 진술을 완강히 거부한단다. 그렇다고 절도범으로 처벌하지 않을 수 없다는 직원의 의견은 강경했다. 하지만 어떻게든 이 사건의 마무리는 책임자인 내가 할 수밖에 없는 상황이었다. 참 난감했다.

일단 학생을 귀가시키기로 결정했다. 다만 귀가 결정을 내리기 전, 학생과 부모에게 절도죄의 습관성에 대하여 설명한 후 "다시는 이런 일이 있어서는 안 된다. 다음에 또다시 이런 사건으로 또 만난다면 강력하게 처벌할 수밖에 없다."라고 말했다. 절도죄는 처음엔 호기심으로 시작하지만, 무사히 넘어가면 한 번만 더 해야지 하게 되고, 그것이 두 번, 세 번으로 발전하여 습관적 범죄자가 된다고. 특히 학생에게는 아주 작은 것이라도 남의 것을 훔치는 행동을 해서는 절대 안 된다고 신신당부했다.

그런 일이 있고 난 뒤 서너 달이 빠르게 지나갔다. 그 후 학생의 모친에게서 전화가 왔다. 아들이 자전거 타고 세계 일주하는 것이 꿈이라면서 요즘 그 꿈을 향하여 열심히 운동도 하고, 한편으로는 공부도 잘하고 있다면서, 그때 아들을 방면해 주어서 정말 고마웠다는 인사의 전화였다. 그날따라 학생의 모친 목소리도 밝았지만, 나도 덩달아 기분이 좋았다.

그 사건이 있던 날도 오늘처럼 안개비가 밤을 적셨다. 인간적으로는 학생을 방면하고 싶은데 자전거를 몰래 훔쳐 간 행위는 절도죄로 처벌할 수밖에 없기에 참 난처했던 시간이었다.

그날 밤 문득 떠오른 어머니의 당부 말씀을 되새기면서 자식을 둔 부모의 입장으로 학생을 이해하고 방면하기로 결정하기까지 인간애와 법(法)의 틈바구니에서 내 마음은 힘들었다.

(그린에세이 신인공모 당선작 2019. 1.)

11월, 그 잿빛 허무

창밖에는 풍경화 액자를 걸어놓은 듯 화려하다. 하지만 잠시 후면 곧 겨울 풍경으로 바꾸어 놓을 게 분명하다. 봄과 여름, 가을과 겨울을 통하여 대자연은 우리의 삶을 성찰하게 한다. 이때쯤이면 수첩에 볼펜으로 써 놓았던 일정표가 지워지듯, 시간의 흔적들마저 지나온 과거와 함께 기억의 파일에서 거의 지워진다. 마치 인생의 절기에 맞물리듯 11월은 비움의 달이다. 또한 내실을 다지는 위령성월(慰靈聖月)이기도 하다.

일 년 전, 유리창 밖에 내가 서 있었다. 저 목관 하나가 우리가 속한 세상을 둘로 갈라놓았다. 영혼이 빠져나간 주검을 담은 관은 일단 움직이면, 내가 서 있는 세상과는 어떤 형태로든 다시는 이어질 수 없다. 이젠 영원히 다시는 볼 수 없고 만질 수도 없다. 유리창 안쪽의 작은 철문이 열리고 관이 불가마 속으로 빨려들 듯 들어갔다. 숨죽인 오열도, 깊은 한숨도 가슴에 꾹꾹 눌러 담으며, 먼

허공에 시선을 던지고 서로 얼굴을 마주 보지도 못한다. 아무 소리도 없다. 단단하게 굳어있던 정적을 뚫고 멈추었던 시간이 풀리면서, 한 줌의 재로 변한 장모님을 본 가족들은 휘청거렸고, 화부는 스피커를 통해 또 확인하라고 한다.

장모님의 팔십 평생 지녔던 모든 것이 스러지고 잿빛 허무마저 희미한데 어디에서 무얼 더 확인하란 말인가. 한 줌의 재는 아직도 식지 못한 과거가 따뜻한데 소각로에서 잿빛 가루로 남기까지의 모든 삶은 지워졌다. 하지만 되살리고 싶은 기억의 조각들은 어떤 의미에서 보면 소중하다. 앞으로 살아가면서 고인과 함께했던 시간의 역사를 가족과 함께 나눌 수 있다는 것만으로도 큰 위로가 되기에.

어느 땐 세끼 밥 먹는 일조차도 무작위(無作爲)처럼 느껴졌던 작년 6월, 장모님이 말기 암이라는 불길한 소식에 가족들 가슴에 눌러앉았다. 장모님께서 병원에 입원하시고 온 가족이 정성을 다했지만, 결국 11월 하순 그 잿빛 허무만 남기고 떠나셨다.

장모님께서 자리에 누운 후로 이승을 떠나실 때까지의 몇 달, 정신적 육체적으로 온전히 공유하지 못한 시간은 이어지지 못한 채 점선으로 남을 수밖에 없다.

그 점선의 시작인 11월이 다가오면 아직도 가슴이 무겁다. 이별 후, 많은 시간이 흘렀다. 담담하다. 애써 말하는 것조차 꺼린다. 당시 아내는 허리통증으로 매우 고생이 심했던 시기였다. 긴 시간 동안 병구완에 충실하면서도, 허리통증을 치료하러 병원에 다녔으나 아직도 완쾌되지 않았다.

깊어져 가는 가을날, 사람의 마음을 설레게 했던 단풍 잔치도 곧 끝나겠지. 이젠 나무 스스로 풍겼던 성장만을 위한 치열한 향일성(向日性)으로 눈부시던 지난 흔적이라곤 마른 잎새뿐이다.

자연의 묵시록엔 여전히 잿빛 허무로 기록된 채, 11월은 다시 또 찾아왔다. 내 인생의 틈과 여백의 사이로.

(2022. 11.)

사소한 일상

입추가 지나고 처서가 내일모레다. 하늘의 조화를 넋 놓고 쳐다보니 이미 구름의 높이도 변했으며, 매미의 울음소리는 목이 쉬었는지 한풀 꺾였다. 여름이 길어지고 더위가 사납다 해도 가을이 오는 것을 막지는 못하나 보다.

코로나19로 사회적 거리 두기가 필수인 요즘, 너무 더워 잎이 말랐는지, 벚나무의 진녹색 이파리가 변색하여 단풍이 드는 전조가 보인다. 주변을 찬찬히 들여다보면 색다른 나무도 보인다. 나무들의 여왕이라 불리는 자작나무다. 보기만 해도 시원한 자작나무가 삼복더위를 용케도 버텨준 것이 대견했다. 그 옆에 감나무와 모과나무는 튼실한 열매를 주렁주렁 달고 있으며 가지가 휘어지도록 맺혔다. 세상 만물이 무더위 속에서도 가을을 그려내고 있으니 얼마나 위대한 자연의 조화인가. 나이와 시간의 속도는 비례한다는데 쏜살같이 지나가는 시간 속에서 길게만 느껴졌던 여름도 물러

갈 채비를 하는 것 같다.

'천문'(天紋)은 하늘이 그린 무늬라 하고 '인문'(人紋)은 인간들이 살아가며 그린 무늬라 한다. 자연의 천문이 톱니바퀴가 맞아 돌아가듯 질서정연하게 움직이며, 나름의 무늬를 만들고 있는데, 내 인생은 무엇을 그리려고 그리도 바쁘게 살아왔는지? 무엇을 그려야 할 것인지조차도 모르면서 앞만 보고 달리며 허송세월한 것은 아닌지? 본디 느리게 살려고 노력했건만 인간의 본성을 바꾸기가 쉽지 않으니, 나만의 무늬를 그리기는 더욱더 어려운 것 같다. 해 놓은 것도 없는데 시간은 흘러가고, 잡히지 않는 신기루만 잡으려고 헛고생만 하는 것은 아닌지 회의감도 생긴다.

지난 시간을 되돌아보니 참으로 숨 가쁘게 달려왔다. 출근과 퇴근, 집과 회사만 오가며 사느라 집 옆에 이렇게 멋진 공원을 두고도 돌아보지 못하고 지냈으니 이 얼마나 어리석은 삶을 산 것인가. 자연의 위대함 속에서 더 초라함을 느낀다.

사소한 일상에서 눈에 보이지 않은 것들의 중요성도 더 많이 생각하게 한다. 욕심을 줄이고 마음을 낮추면서 좋은 마음으로 살자고 매번 다짐하지만, 오늘도 이리저리 출렁거리면서 흔들린다.

(중부일보 2020. 9. 10.)

그 마음 한 줌

눈이 시리도록 맑은 하늘이다. 창 가득 쏟아지는 하얀 빛이 온몸을 감싸며 포근함을 절로 느끼게 한다. 아, 얼마 만에 안겨 오는 따스함인가. 햇살 가득 담은 낡은 창문이 아침을 열어준다. 코로나19로 인하여 삶이 함몰되었던 걸 잠시 잊을 만큼 눈앞의 풍경들이 경이롭고 아름답다.

습관처럼 창가에 앉아 신문을 뒤적이다가 이내 깊은 생각에 잠긴다. 그 누구도 방해하지 못하는 고독과 정적이 흐른다. 숨 막힐 듯한 고요 속에서도 그림처럼 떠오른 그 마음 한 줌을 기억하면서.

멋진 미모를 가진 사람은 보는 이의 눈에 기쁨을 주며, 아름다운 마음을 지닌 사람은 받는 이의 영혼에 기쁨을 준다고 하지 않았던가. 살아가면서 영혼에 기쁨을 주는 사람을 만나 가슴이 뜨거워지는 감동의 순간을 갖게 된다는 것은 얼마나 소중한 일인지 모른다.

삼 년 전, 코로나19가 극성을 떨치던 무렵이었다. 복용하는 약과 마스크를 사러 약국에 갔다. 약국 앞에는 마스크를 사려는 사람들로 긴 줄을 이루고 있었다. 나도 그 줄에 끼어 차례를 기다리고 있었고 드디어 내 차례가 되었다. 그런데 마스크 판매가 내 앞에서 끝났다. 난처한 순간이었다. 난감해하며 약국 주인에게 어떻게 더살 수 없냐며 사정하고 있는데, 등 뒤에서 '아저씨 잠깐만요'라는 여자의 소리가 들렸고 돌아보니 마스크를 든 중년의 외국인 여인이 내게 다가왔다.

번개처럼 날아온 감동에 잠시 말을 잃고 서 있었다. 그 여인이 약국에서의 일이 끝나기를 기다려 고맙다는 인사를 하며 마스크값을 지급하려 하자 그 여인은 환하게 웃으면서 돈을 받지 않았다.

"오늘 당신처럼 마스크가 꼭 필요한 사람이 있을 때, 그때 마스크를 주면 된다."라고 하면서 뒤도 안 돌아보고 가는 것이 아닌가. 나는 한참 동안 서서 그 여인의 뒷모습을 바라보았다.

당시 마스크는 약국에서만 판매했고, 가격도 지금에 비하면 훨씬 비쌌다. 마스크는 누구에게나 필요하면서도 늘 충분치 못해 결핍을 실감할 수밖에 없었다. 마스크가 없으면 대중교통을 절대 이용할 수가 없고, 사람을 만나려면 반드시 마스크를 착용해야만 했으며, 자신의 건강을 위해서는 꼭 마스크를 착용해야만 했다.

살아가면서 무언가에 감동하면 사람은 그 일을 하지 않고는 못 배긴다. 낯선 여인의 마음 한 줌에 감동한 이후, 나는 호주머니에 늘 여분의 마스크를 꼭 지니고 다닌다. 내 인생 여정에서 한 번쯤

은 누군가에게 도움을 주어 영혼에 기쁨을 주는 존재가 되고 싶어
서이다.

각박하게 돌아가는 세상인심 속에서 사람들은 자기 일 외에는
다른 사람의 일에 관심을 가질 여유 없이 살고 있다.

잊을 수 없는 소박한 기억이 있다. 엊그제 외출 나갔다 오는 길
이었다. 지하철역에서 생활하는 한 노숙자가 자기가 얻은 빵을 다
른 노숙자에게 반쪽을 나누어 주며, 같이 먹는 훈훈한 장면을 보는
데 집으로 오는 내내 긴 침묵과 명상에 잠겼다. 그에 따른 결론으
로 '이 세상에서 나누어 가질 것이 없어서 못 나누어 주는 사람은
아무도 없다.'라는 것을 깨달았다. 또한 어려울 때, 더불어 살아남
을 수 있는 지혜는 역시 배려와 역지사지의 마음이라는 큰 가르침
도 받았다.

거짓이 없는 사실인 것, 착한 것, 아름다운 것은 사람들에게 감
동을 준다. 감동은 인생을 풍요롭게 하며, 멋있고 아름다운 세상을
만든다. 그 마음 한 줌이 스며든 오늘도 감사하는 마음으로 배려하
면서 살아가리라. 겸손한 삶은 언제나 감사한 일뿐이니까.

(2022. 12.)

반추(反芻)의 시간(1)

이른 아침, 가족과 함께 고향을 찾았다. 곧 추수가 시작될 들녘을 바라본다. 평화롭기 그지없다. 여름 내내 노역의 시간을 내려놓은 들판은 가을의 잔잔한 햇볕을 받아 쓸쓸하면서도 풍요로움이 가득하다. 추수가 끝나면 비움으로 더 깊어진 빈 들판을 볼 수 있겠지만, 숙연해지는 겨울쯤에는 오늘 고향에 왔던 것을 새삼 그리워할 것 같다.

객지에서 보낸 세월은 정말 먼 길이었다. 걸음도 무거워 가을 햇살이 역광으로 품고 있는 마을 입구에서 선뜻 발을 들여놓지 못하고 한참을 서 있었다. 아버님, 어머님 살아생전에는 직장 핑계로 자주 찾아뵙지 못하였고, 34년의 경찰 근무를 잘 마무리했는데도 불구하고 무정하게 고향을 멀리했다.

그동안 무심하게 살아온 세월 앞에서 발이 저리고 가슴이 뛰었다. 사는 것이 별것도 아닌데 긴 시간이 지난 후 찾아와서 그런지 고향이 낯설었다.

문득 어린 시절이 생각난다. 그때는 할머니를 비롯하여 온 가족이 함께 모여 살았다. 사실 나를 아는 분 중에는, 내가 아주 귀하게 자랐겠다고 생각하는 분들이 많다. 그렇다. 나는 아주 귀하게 자랐다. 손에 물 한번 묻히지 않고 자랐다는 의미로서가 아니라, 존중받고 인정받으며 자랐다는 의미로서 그러하다. 우리 아버지와 어머니는 다른 어떤 분보다 신기할 정도로 의식이 앞서간 분이셨다. 그래서 나는 늘 자식이기 전에 인간으로서 존중받았다.

어머니를 생각하면 제일 먼저 떠오르는 것이 새벽의 빈 이부자리였다. 같이 자다가 새벽에 설핏 잠이 깨 더듬어 보면 어머니의 자리는 늘 비어 있었다. 문을 열고 살짝 내다보면 새벽 어스름 속에서 우물물 한 그릇 떠다 놓고 두 손 모아 기도하고 있는 어머니가 계셨다. 무엇을 빌고 계실까 귀 기울여 들어보면 늘 자식들 잘되게 해달라는 기도였다. 그렇게 나의 어린 시절은 늘 어머니의 기도와 눈물 젖은 고구마를 먹고 자랐다. 어려운 농촌 생활이었기에 지게 지고 땔감을 모으러 산에 가는 일이 많았으며, 농사일을 돕는 일이 전부였다. 당연히 힘든 생활이 이어졌다.

어린 시절, 집에서 4킬로미터쯤 떨어진 곳에 중학교가 있었다. 가정형편이 넉넉하면 학교 부근에서 하숙하거나 자전거로 통학할 수도 있었지만, 우리집 형편으로는 그저 꿈일 수밖에 없었다. 나는 매일 아침 도보로 통학하였다. 비가 오나 눈이 오나 머나먼 길을 걸었다. 아침밥을 뜨는 둥 마는 둥 허둥지둥 집을 나와 3년 동안 단 하루도 쉬지 않고 통학을 했다.

상처 없이 고비를 넘기지 않은 인생(人生)은 없다지만, 배려 없이 던진 말 한마디가 평생 상대를 아프게 할 수 있다는 것을 왜 모를까. 당시 모 선생님은 농사를 업으로 사는 집과 읍내에 사는 아이들을 비교하면서 작은 상처를 주었다. 지금도 잊히지 않는다.

학교 수업이 끝나도 발걸음은 천근만근이어서 쪼르르 집으로 달려갈 수가 없었다. 사실 집에 가봐야 가족은 그림자도 못 찾을 시간이기에 늘 어디서 시간을 보내야 할지를 고민해야만 했다. 그런 나를 받아주는 곳은 오르기 쉬운 산이었다. 산 위에서 내려다보면 시퍼런 저수지 물이 나를 유혹하는 듯 넘실거렸다. 서너 번 뛰어내리고 싶은 충동도 느꼈지만, 어머니와 아버지의 마음을 잘 알기에 실행에 옮기지는 못했다. 그렇게 지내다 보니 사춘기의 무안함은 분노로 변했다. 분노로 가득 찬 가슴엔 분풀이 대상을 찾아야만 했다. 그래서 돌을 쌓아놓고 저수지의 물을 향해서 힘차게 던졌다. 물보라를 일으키는 장면이 통쾌했다. 꽉 막혔던 숨통이 트였다. 하지만 돌 던지는 것도 혼자서 하다 보니 너무 심심했다. 결국 늘 돌을 던지고, 책을 읽으면서 시간을 보내야만 했다.

어느 날, 아예 책을 통째로 외우는 것이 훨씬 편하다는 것을 느끼고, 처음에는 역사책으로 시작했다. 다음에는 영어 등 모든 과목을 외우기로 작정하고 매일 매일 학교가 끝난 후, 돌을 던지면서 책을 외우는 것이 습관처럼 굳어졌다. 이러한 책 읽기가 바탕이 되었는지 지금도 틈만 나면 책을 가까이한다. 학창 시절 뼈저리게 겪었던 곤궁함의 후유증으로 사회생활 역시 처음부터 어렵게 시작했지만, 틈틈이 책을 보면서 글을 쓰는 일도 게을리하지 않았다.

당시 내 나이는 질풍노도처럼 살아야 할 나이였다. 그러나 그 시절만 떠올리면 가슴 아파 돌아보기가 정말 싫었다. 학생이라서 공부만 잘하면 되는 줄 알았는데, 내가 뛰어넘어야 할 벽은 누구나 쉽사리 오를 수 없을 만큼 어려운 높이라서 푸른 하늘이 온통 회색으로 느껴졌지만, 어렵게 산다고 해서 꿈만은 잃지 않았다.

중학교 3학년 무렵, 성적이 우수한 학생들을 대상으로 과외수업이 있었다. 하지만 가진 것 없는 나에게는 학업의 기회에서도 뒤로 밀릴 수밖에 없었다. 매일 걸어서 학교에 가는 형편에 고등학교 진학을 위한 과외수업이라니 고등학교는 무슨 얼어 죽을 고등학교? 그건 호사 중에도 호사, 사치가 아닐 수 없었다. 아버님 어머님께서는 내 앞길을 걱정하며 억장 무너지는 한숨을 내쉬었지만, 어쩔 도리가 없었다. 그렇게 자본주의는 가혹했다. 그래도 모든 것을 포기하고 책을 읽고 공부하는 것 외에는 하는 일이 없었기에 학교에서는 항상 우수한 성적을 유지했다. 신설 학교다 보니 수업이 끝나면 학교 정화 작업에 동원되는 경우가 허다했다. 하지만 그것을 핑계로 공부를 소홀히 하는 꼴을 절대 못 보는 성격의 담임선생님은 유난히 고교 진학에 대하여 열정적인 분이셨다. 작업 걱정하지 말고 공부 열심히 하라며 늘 따뜻하게 격려해 주셨다.

드디어 중학교를 졸업했다. 초등학교 6년 개근에 이어 중학교 3년 또한 개근했다. 9년의 개근에 대해서는 나름 자부심을 간직하며 살아간다. 학교를 졸업하면서 모든 것을 접고 내 길을 갈 때가 되었다고 생각했다. 학교 성적은 우수했지만, 가정 형편상 인문계 고교에 갈 형편이 못 되었다. 꿈은 멀었고 현실은 바로 눈앞에 있었다.

당시 국립 ○○기계공고는 '조국 근대화의 기수'를 양성하는 학교였다. 3년 내내 전교생이 기숙사 생활을 했고, 야간 점호 시간이 있었으며, 학비도 무료였다. 국내 유일의 특수 목적 고등학교였기에 전국에서 가난한 수재들이 몰려들었다.

내가 조국 근대화의 기수가 되기로 마음먹고 국립 ○○기계공고를 선택하자, 나를 아껴주셨던 선생님께서 학교 뒤뜰로 불렀다.

"종걸아, 다시 생각해 봐. 너같이 성적이 우수한 애가 왜 그 기계공고에 가려고 하니? 너야말로 꼭 서울대학교에 가야 할 사람이야. 그 재주가 아깝잖니. 나중에 후회할 거야."

담임선생님께서는 시내에 있는 인문계 고등학교로 가라는 것이었다. 하지만 내 귀에는 하나도 들어오지 않았다. 늘 고생하시는 부모님을 위해 하루빨리 돈을 벌고 싶은 마음이 앞섰다. 인문계로 간다는 것은 대학에 간다는 것이었고, 우리 집안 형편상 그것은 지나친 사치였다.

내가 그때 선생님의 말씀을 조금만 열린 마음으로 들었다면 그 이후 고생은 좀 덜 했을 것이다. 당시 고생하시는 부모님께 얼른 보탬이 되어야 한다는 마음이 절박했기에, 간곡한 선생님 말씀도 아무 소용이 없었다. 그런데 내가 인문계로 진학하겠다고 했으면 늘 그랬듯이 부모님이 그리하라고 하셨을 것이다. 나한테 국립 ㅇㅇ기계공고 가라고 한 사람은 아무도 없었지만, 혼자 그렇게 고집을 피운 것이다. 스스로 지레 주저앉은 셈이었다.

(경기수필 40호 2023.)

반추(反芻)의 시간(2)

　어린 시절, 꿈을 꾸었고, 그 꿈이 어떻게 되었는가를 곰곰이 생각해 본다. 내 꿈은 선생님이었다. 내 꿈에 부채질을 한 선생님은 품위 있고 단아했으며, 언제나 수수한 차림에 내적으로 꽉 찬 분이었다. 한창 감수성 예민한 내가 완전히 닮고 싶은 본보기였다. 하지만 소중히 간직해온 나의 꿈을 가슴 한쪽으로 접어야만 했다. 누구보다도 훌륭한 선생님이 되겠다는 꿈, 더 넓고 높은 곳을 향해 가겠다는 나의 생각은 현실의 절박한 요구에 밀려 설 자리를 잃고 말았다. 그때는 참 외롭고도 힘든 시절이었다. 하지만 또 다른 길에서 열심히 살다 보면, 또 하나의 새로운 것이 보일 거라는 희망을 품고 살 수밖에 없었다.

　교장 선생님께서는 나를 기특하게 생각했는지 직접 부르시고는 학교 성적이 매우 우수(전교 5% 이내)하다며 더 열심히 공부하라고 다독여 주었다. 하지만 학교 수업보다는 사회과학, 인문학 등 다른 공부를 더 열심히 하고 있었다. 집안 여건상 어차피 서울대학교에 들어갈 형편은 못 되었고, 인문학의 뜻을 굳힌 이상 집중적으로 한 우물을 파고들었다. 시간이 났다 하면 세계 명작 등 문학 및 철학 서적을 탐독했다. 특히 휴일이나 공휴일에는 서적에 풍덩 빠져 꼬박 밤을 지새운 적이 한두 번이 아니었다.

국립 ○○기계공고를 입학하려고 집을 나설 때는 두 번 다시 이런 시골에서 지게를 지지 않겠다고 굳게 맹세했지만, 학교생활은 날이 갈수록 자꾸 허기만 늘어났다. 배관·판금·용접 기능사 2급을 따는 데 급급한 공부가 적성에 맞지 않았다. 당시에는 기능사 2급 취득만으로도 먹고사는 데는 전혀 지장이 없었지만, 인생에 있어 그 이상의 무엇이 존재한다는 사실을 아무도 말해주는 사람은 없었다. 특히, 나는 단순한 기능인으로 훈련되고 싶지는 않았다. 그 무엇보다도 인간의 삶에 대해 알고 싶은 것이 너무 많았다. 때론 그 어떤 부분을 자꾸만 목말라했다. 요즘은 어떨지 모르겠으나 당시 실업계고등학교의 교과과정은 지나치게 기능습득에만 치우쳐 있었다. 갈수록 학교생활이 싫어졌다.

"이게 아니야, 이게 아니야!"

마음속의 외침이 나를 흔들었다. 저 먼 어떤 곳에 분명 내가 닿아야 할 곳이 있을 것만 같았다. 지금의 이 자리가 내가 할 수 있는 마지막 지점이 된다는 건 정말 견딜 수가 없었다.

"졸업하고, 취직하고 그다음엔? 그다음엔?"

결국 나의 선택은 잘못되었음을 인정하지 않을 수 없었다. 그때부터 새로운 마음으로 공부할 수밖에 없었다. 아니 반드시 해야만 했다. 하지만 기초 공부가 하나도 되어있지 않았다. 국립○○기계 공고에 입학한 지 2년이 훌쩍 지나갔다. 대학입시를 준비하려고 학원을 기웃거려 보았으나 실업계와 인문계의 교과 내용이 너무나 달라 중학교 때 배운 것은 별로 도움이 되지 않았다. 특히 영어 수학이 문제였다. 그래서 영어 수학은 단과 학원에 다니면서 필사적으로 노력했지만, 따라가기가 정말 힘들었다. 어떻게든 해야 한다는 강박관념이 얼마나 심했던지 세월이 한참 흐른 뒤에도 늘 무언가에 쫓기는 꿈을 꾸곤 했다. 자다가도 벌떡 일어나는 일이 예사였다. '몸부림을 쳤다'라는 표현이 가장 잘 어울릴 것이다.

모든 일이 내 뜻대로 되는 일은 없었다. 더구나 학원에서 함께 공부했던 친구가 인문계 고등학교에 가겠다면서 우리 학교를 자퇴했다. 그러나 나는 부모님께 인문계 고등학교에 가겠다는 말은 못하고, 체념하듯이 학교를 졸업했다. 졸업 후에도 동창들이 선호하는 삼성, 현대, 대우그룹 등 대기업 취업은 외면했고, 오로지 책을 가까이할 수 있는 곳을 찾아, 아무것도 몸에 지닌 것 없이 무작정 서울로 상경했다. 친구가 얻어놓은 자취방에 얹혀지내면서 결국 작은 회사에 취직은 했지만, 이곳은 그리 녹록한 곳이 아니었다.

주변엔 사돈의 팔촌도 살지 않았고, 지연도 학연도 아무런 연고도 없는 이 도시에 발을 붙이기란 맨땅에 박치기하는 거나 다름없었다. 결코 일류 노동자가 될 수 없었다. 차라리 중·고등학교에 다니지 않고 노동판에서 잔뼈가 굵었더라면 노련한 노동자가 되었을 텐데, 나야말로 학교에서 실습했던 배관, 용접, 판금 외에는 해본 적이 없는 반쪽정이 노동자에 지나지 않았다.

하지만 돌아갈 곳이 없었다. 꿈을 이루기 전에는 절대로 고향에 돌아갈 수 없었다. 아니 고향에 돌아간다 한들 내가 할 일이라곤 아무것도 없었다. 고향을 떠나오면서 이미 돌아가지 못할 강을 건넌 이상 밑바닥을 박박 기는 수밖에 없었다. 그렇다고 뚜렷한 앞길이 보이는 것도 아니었다. 고향에서는 신동이니 천재라는 칭송을 들으며 성실하게 살아왔건만, 막상 삶의 현장으로 뛰어들어보니 온갖 눈꼴사나운 장벽뿐이었다. 별것도 아닌 저질 졸부들이 돈 좀 있다고 뻐기고, 수준 미달의 돌대가리들이 학벌 자랑하며 목에 힘을 줄 때는 아니꼽고 더러워서 오장 육부가 뒤틀렸다. 그 과정에서 유혈 낭자한 자존심의 상처를 감내하기란 이만저만 힘든 일이 아니었다. 전생에 무슨 죄를 지었기에 이토록 혹독한 대가를 치러야 하는가, 때로는 버틸 수 없는 한계에서도 악으로 깡으로 꾹 참았다.

어렸을 때부터 유난히 순진하고 부끄러움을 많이 탔던 나는 어느 사이엔가 맹수 같은 '독종'으로 변해가고 있었다. 현실과 부딪치면서 실의와 좌절이 꼬리를 물고 줄기차게 찾아왔다. 여러 차례 죽을 고비를 넘겨야 했고, 가슴에는 쓰라린 한이 응어리로 맺혔다.

살벌한 세상의 틈바구니에서 살아남기 위해 처절하게 발버둥을 쳐야만 했다.

하지만 남자라면 누구나 가야 할 길이 있기에 괜히 구질구질한 궁상을 떨지는 않았다. 모름지기 국립○○기계공고의 단체생활에서 배우고 익힌 추상같은 정신력을 바탕으로 곧바로 군에 입대했다.

(경기수필 40호 2023.)

반추(反芻)의 시간(3)

　군대를 만기 전역하니 세상은 많이 변해있었다. 서울의 거리는 온통 시위대와 경찰뿐이었다. 이러한 변화의 현장에서 내가 꿈을 실현하는 건 매우 어려울 것으로 생각했다. 하지만 뭔가 또 다른 길이 있으리라는 희망을 품고 고향 성당을 찾아갔다. 힘들고 어려우면 찾았던 성당이니 그리 어색하지 않았다. 늘 편지를 주고받던 신부님이 계셨기 때문이다.

　그 시절 우리 고향은 본당이 없어 공소에서 미사를 봉헌하고 있었다. 이를 안타까워하시던 신부님께서는 많은 성당 식구가 있는 가운데서 "이제는 나와 마음이 온전히 통하며, 무슨 일이든지 솔선수범하는 형제가 돌아왔으니 본당 신축에 박차를 기하자."라며 손을 꼭 잡고 안아주셨다. 여기에 힘을 얻은 나는 단 하루도 쉼 없이 성당 신축에 열정을 다 바쳤다. 당시 주변 사람들도 모두 적극적으로 성당 신축을 위하여 노력했지만, 일부는 서로 비난하는 행태를 보였다. 특히 나에 대해서 멀쩡한 젊은 청년이 성당에서 숙식하면서 온갖 잡일을 다 하느냐며 비아냥거렸고, 어떤 이는 이렇게 시간 보내지 말고 새로운 일을 권장하는 사람도 있었다. 하지만 나는 '마음 수련 중이니 참견하지 말라'며, 모든 제안을 단호하게 물리치고 오로지 성당 신축에만 온 정성을 다 바쳤다. 수개월이 지난 뒤 성당 신축을 마무리하는 십자가를 세우고 종탑을 완성하던 날, 신부님께 편지 한 통을 남겨놓은 뒤, 곧바로 새벽길을 나섰다.

성당을 떠나던 날, 천주교에 순종을 서약한 수도자인 수사(修史)로 평생을 혼자 살겠다고 굳게 마음먹고 ○○수도원을 찾아갔다. 하지만 수도원은 아무나 받아주는 곳이 아니었다. 왜 이곳을 선택했냐며, 입소한 지 한 달 만에 너그럽게 나를 돌려세웠던 수사(修史)님 덕분에 늘 하느님과 함께하는 일상이 되었고, 예전에 마음먹은 결심은 하룻밤 꿈을 꾼 듯 사라졌다.

서울에 있는 친구 자취방으로 거처를 정한 뒤 무엇을 할 것인가를 고민하며 남산도서관을 찾았고, 우연히 그곳에서 지인을 만났다. 그는 나에게 취업 준비를 함께하자고 권유했다. 그러나 지인의 말은 뒷전으로 흘리고 어떠한 삶이 진정한 삶인가를 고민하며, 철학 서적과 사회과학 서적을 탐독하면서 하루하루를 지내고 있었다.

어느 날, 친구의 자취방에 도착하니 성당에서 급히 시골로 내려오라는 전화가 왔다는 전갈을 받았다. 무슨 일인가 싶어 성당으로 전화해 보니 신부님께서 아버님이 찾아오셨다고 얼른 내려오라고 했다. 서둘러 시골에 도착하니 모교의 추천으로 수출자유 지역의 전자 회사에서 나를 채용하겠다며 보내온 취업 안내문이 와 있었다. 다음날, 회사의 면접을 보고 현장에 배치받아 업무를 시작하기 전, 회의실에서 우연히 고교 동창생을 만났다. 반갑다며 일어서서 악수하는데 아는 얼굴이 많았다. 깜짝 놀랐다. 알고 보니 이 회사는 5년 동안 근무하면 군대가 면제되는 방위 산업체로 당시 모교에서 졸업생을 많이 보냈던 회사였다. 학교 졸업 후, 수년 만에 신입으로 취직했으니 나는 현장에서 막내 처지였고, 그전에 입사한 고교 동창생들은 이미 회사의 중진이 되어있었다. 고교 후배에게서 업무지시를 받게 되는 처지가 되고 보니 도저히 자존심이 허락하지 않아 결국 입사 사흘 만에 사직서를 던지고 도망치듯 서울로 돌아왔다.

서울 친구 자취방에서 눈치 보며 생활한다는 것도 참 힘든 일이었다. 밥벌이라도 하고 싶어 종각 지하철공사장 및 인근 신축건물 공사장을 기웃거리며 미친 듯이 일했다. 하지만 꿈은 버리지 않았기에 시간이 날 때마다 반드시 독서만은 게을리하지 않았다.

어느 날, 너무 힘들어서 방에서 쉬고 있는데 난데없이 집주인이 찾아와서 밀린 임대료와 전기 및 수도 요금을 내라고 했다. 깜짝 놀라 친구 오면 해결하겠다고 약속한 후 친구를 기다렸지만, 아무런 소식이 없었다. 난감했다. 주인에게 조금만 더 기다려 달라고 자초지종을 설명하면서 근근이 버티고 있던 어느 날, 친구가 돌아왔다. 친구가 다니던 회사를 그만두고 숙식을 제공하는 회사로 자리를 옮겼는데, 새 직장에 일이 많아 연락 못 했단다. 내가 서울에 올 때마다 반드시 이 집으로 온다는 사실을 알기에 쉽게 집을 옮기지 않았다고 말했다. 친구는 밀린 임대료와 전기 요금 등을 완납하고 내 용돈까지 챙겨주며 떠났다. 참 고마웠다.

날이 갈수록 하루하루 중압감이 커졌다. 이젠 모든 것을 혼자서 해결해야 했기에 낮에는 공사장에서 일하고, 밤이면 책을 읽었다. 아침은 라면으로 때우면서 하루를 시작했다. 마음은 정말 착잡했다. 당시 도서관의 점심값이 저렴하여 점심은 그곳에서 해결했고, 저녁은 생략하는 생활이었다. 그렇게 힘든 일상을 반복하면서도 늘 배움에의 꿈은 버리지 않았기에 결코 책만은 놓지 않았다.

어느 날, 도서관에서 공무원 시험을 준비하는 지인이 찾아와서 경찰은 먹여주고 재워주며 월급 주는 곳이라며 함께 시험 준비를 하자고 권유하여 엉겁결에 원서를 접수했다. 시험 한 달 남겨놓고 단기간의 시험공부에 집중하였다. 사실 향후 거처할 곳이 없었으므로 죽기 아니면 살기로 최선을 다했다. 그렇게 노력한 결과 필기시험과 면접, 신체검사를 거쳐 최종 합격을 통보받았다.

시험 합격 후, 경찰학교 입학에 필요한 서류 등을 챙기러 고향을 방문했는데 아버지 어머니께서 무척 반기셨다. 경찰공무원 시험에 합격했다는 말은 아무한테도 하지 않았는데 무슨 일로 그러실까 의아했는데 서울 ○○대학의 합격 통지서가 집에 왔다고 한다. 깜짝 놀랐다. 사실 그해 대학 입학 예비고사에 응시 후, 그 성적 결과에 맞는 서울 소재 대학에 입학원서를 넣었지만, 모두에게 비밀로 했었다. 부모님께서는 대학 입학 등록금 걱정을 하고 있었는데 갑자기 아들이 나타났으니 어머니는 눈물로 나를 안아주었다. 사실 경찰공무원 시험에 합격하여 필요한 서류 등을 챙기러 왔다고 말씀드리니 부모님께서는 너무너무 좋아하셨다.

이제 서울에 거처할 곳이 생겼으니 근무하면서 대학을 졸업해야겠다고 굳게 마음먹고 경찰종합학교에 입학했다. 긴 시간 동안 교육과 현장실습을 마치고 드디어 경찰관으로 임용되었다. 경비부서를 거쳐 처음 경찰서로 출근하던 날, 이른 아침부터 흥분과 설렘을 감추지 못했다. 지인의 권유로 경찰로 입문했지만, 지난 세월 몸부림을 치면서 헤쳐 나온 날들이 뇌리를 스치고 지나갔다. 사무친 설움으로 가득했던 시간을 생각하니 나도 모르게 눈물이 났다.

경찰서에서 발령받은 파출소는 서울역 뒤편에 있었다. 부임 첫날 주변 식당에서 아침 식사를 마치고 민원인들이 모여 있는 곳을 지나쳐 파출소까지 걸어와야만 했다. 선배들이 앞서고 나는 맨 끝에서 그 뒤를 따라갔다. 우리가 지나는 길에 모여 있던 사람들이 길을 비켜주면서 눈으로 인사를 했다. 경찰 근무복장으로 사람들 사이를 헤치며 걷는 기분이 어색하고 쑥스러웠다. 앳된 얼굴의 경찰관을 쳐다보는 사람들의 호기심 어린 눈길이 왠지 부담스러웠다. 정체를 알 수 없는 그 부담스러움의 원인은 사무실 소내 근무 의자에 앉는 순간 본능적으로 깨달았다.

현장 경찰은 사건 현장에 진출하여 최초로 옳고 그름을 판단하는 실로 막중한 위치에 있다. 사건 현장에는 도저히 양립할 수 없는 두 개의 주장이 서로 자기가 옳다고 맞부딪친다. 특히 한쪽은 자기에게 이유 없이 피해를 줬다고 진술하고 한쪽은 절대 그런 적이 없다고 맹세한다. 서로 자기 말의 진실함을 입증하는 증인을 내세우고 증거를 들이민다. 겉으로 보기엔 양편이 다 더할 수 없이 진실해 보인다. 그러나 진실은 하나다. 둘 중 하나는 거짓말을 하는 게 명백하다. 경찰관은 그것을 가려내야 한다. 참으로 엄중한 일이 아닐 수 없다. 그런 점에서 현장 경찰관은 존경받아야 한다. 자연인으로서가 아니라 그런 막중한 책임을 위임받고 있는 공인으로서다. 아침에 파출소를 향하여 걸음을 옮길 때 많은 민원인이 눈인사했던 것도 바로 공인이었기 때문이었다.

현장 경찰은 서로의 주장을 받아들일 수도 있고, 내칠 수도 있는 지위에 있다. 때에 따라서는 사건 대상자들의 인생을 좌우할 수도 있는 위치에 있다 보니, 늘 나를 쳐다보는 두려움 섞인 눈빛에 부담감이 컸다. 그것은 부여된 절대적 권한의 무게와 그것을 수행하는 내 내면의 무게에 대한 저울질에서 온 것이었다. 현장에서 그토록 두렵게 했던 그 의문은 재직기간 내내 늘 내 머리를 떠나지 않았다.

초임 시절, 경찰을 그만두려던 마음은 접어두고, 매사에 충실하게 근무하면서 서울 소재 ○○대학 법학과를 졸업했다. 주간에는 시위 진압, 야간에는 술에 취한 사람들의 시달림 등으로 하루하루 초주검이 되는 생활이었지만, 점점 승진도 하고, 보직도 변경되어 현장 경찰 책임자에 이르렀다.

긴 세월이 흘렀다. 현장 경찰로 34년을 무사히 마치고 경정(警正)으로 명예롭게 퇴직했지만, 당시에 경찰공무원 시험을 권유하고 함께 원서를 접수했던 지인은 시험 볼 때마다 낙방하여 스스로 서울 생활을 포기하고 시골로 낙향하였는데, 지금은 멋진 카페를 운영하는 사장으로 변신하여 자주 소식을 전한다. 엊그제 통화 중에 '그때 시험에 합격했더라면 나도 지금 연금 받으면서 생활할 터인데'라며 그 당시 추억을 끄집어내 한참 동안 웃었다.

반추(反芻)의 시간(4)

　이른 아침, 창문을 열고 손을 내밀어 햇빛을 느끼며 바람을 만져 본다. 어릴 적 사진을 보면서 나도 모르게 자꾸만 눈물이 흐른다. 바닥을 기는 등나무처럼 축 처진 어깨와 우수에 싸인 얼굴, 비에 젖은 낙엽처럼 후줄근한 모습, 생각하면 할수록 더 서글프다. 그 시절, 호랑이 아가리 같은 가난 때문에 기댈 곳도, 붙잡고 오를 것도 없었지만, 깨진 항아리 조각 같은 삶이 자꾸만 머릿속에 맴돌면서 다가온다.

　녹록지 않은 환경에서 자라서 그런지 일찍부터 인간의 삶에 대한 문제의식이 많았다. 내 꿈은 인문학도였다. 도서관에서 책을 빌려 읽는 것이 큰 즐거움이었으며, 독서를 통해 얻어지는 지혜나 지식으로 인생의 문제를 해결하는데 좋은 길이 될 것이라 생각되어서다. 하지만 당장 생계를 해결하기 위해서는 직업을 가져야 했고, 그 직업의 세계에서 살아남으려고 발버둥치다 보니 어느새 꿈은 먼 별나라 일이 되고 말았다. 하지만 직장생활이 결코 허송세월이라고는 생각하지 않는다. 문학으로 승화시키지는 못했어도 글을 쓰는 큰 자양분이 되는 삶의 현장을 발로 뛰면서 값지고 소중한 경험을 쌓았기 때문이다.

나의 삶의 분기점을 크게 나누면 결혼 전과 후이다. 그 누구의 도움 없이 혈혈단신 홀로 서 있는 경찰관이 주제넘게 가여웠던지 청혼을 거절하지 못한 한 여인이 어느 날 갑자기 내 안에 들어왔다. 얼마 후, 내가 직접 신축에 참여한 성당에서 최초로 결혼식을 올리면서 둘은 하나가 되었다.

결혼 후, 아내와 나는 구파발성당 부부 성가대에서 활동했고, 아들은 강남 일원동 성당에서 첫영성체를 받고 복사를 신청해서 주 5회 매일 미사와 주 2~3회 새벽 미사에 참여했다. 그렇게 3개월의 복사 수련기를 거친 후, 신심과 행동거지를 검증받아 정식 복사가 되었다. 천주교 복사는 늘 새벽 미사를 준비하고 사제의 예식 집전을 도우는 역할로 사제 곁에서 성물을 나르거나 종을 울리기도 한다.

아들과 아내는 늘 새벽 5시면 일어나 어김없이 성당으로 향했다. 아내는 아들 뒷바라지로 늘 함께 갈 수밖에 없었다. 그렇게 아들은 육 년간이나 신부님 곁에서 미사 집전을 보조하는 복사 역할을 충실히 했다. 그 어려운 복사 생활을 잘할 수 있었던 것은 모두 아내 덕분이다. 아내의 신앙심은 이루 말할 수 없이 깊다. 딸의 이름은 세례명과 똑같은 글라라이다. 모태 신앙의 길을 걷고 있다는 표시이기도 하지만, 딸의 이름을 성녀 이름과 똑같이 한 이유는 모든 이에게 평화를 주는 삶을 살았으면 좋겠다는 큰 의미를 두고 지은 이름이다.

공직 생활 중에도 늘 책을 놓지 않고 틈틈이 글쓰기에 전념했다. 그 덕분에 국내 수필 전문지이며 미국 등 해외에서 격찬받는 격월간지 ≪그린에세이≫의 신인상으로 등단하여 한국문인협회 회원으로 작품 활동을 시작하였고, 경기문학인협회, 문학과비평작가회, 경기한국수필가협회, ≪그린에세이≫의 문학지를 통하여 다양한 수필을 실(登載)었으며, 언론사인 중부일보에 수필을 발표했다. 한편으로는 짬짬이 공무원 문예대전, 경찰 문화 대전 등에 출전하여 우수상을 받는 등 수상 경력도 쌓았다.

그동안 얽매였었던 공직 생활에서 해방되어 내가 좋아하는 공간에서 휴식을 취하며 미래를 계획하던 중 모두 잊었다고 생각했던 어린 시절의 꿈이 되살아났다. 하지만 글의 소재도 궁해져 이제는 재충전의 시간이 필요하겠다는 생각으로 독서와 취미생활을 즐기고 있을 때 우연히 마주친 선배로부터 받은 인간의 참된 삶이 무엇인가를 두고 가슴속 울림이 컸다. 이를 계기로 스스로 반성하는 시간을 가졌으며, 앞으로 어떻게 살아야 올바른 삶인지를 늘 고민한다.

그동안 인간에 대한 그리움을 위주로 글을 발표했지만, 이제는 가슴속 울림으로 글을 쓰리라 다짐했다. 글을 쓰는 일이 돈벌이가 되는 것은 아니다. 누가 나의 글을 읽을까 회의도 하지만 내 글을 통하여 삶의 모든 것을 세련된 하나의 의미(意味)로 남기고 싶기에 펜을 놓지 못한다.

어느새 육십이 넘었다. 마음은 늘 이팔청춘이고, 몸은 한창때만 못하지만, 글쓰기에는 큰 문제점을 느끼지 않는다. 무엇보다도 에너지가 남아 있을 때 나의 사유를 빠짐없이 기록한 나의 글이 삶을 고민하는 분들에게 작은 보탬이 된다면 더 이상 바램은 없을 것이다.

이제사 지난 삶을 뒤돌아보니 가슴 아파하면서 돌을 던지던 어린 시절이 마냥 힘들고 나빴던 것만은 아니었다. 가난을 벗어나려 이 악물고 공부해서 늘 상위권에 머물렀으니 내가 잘난 줄 알았다. 그러나 부모님 세상을 떠난 후 생각해 보니 부모님께서 내게 주신 은혜가 얼마나 컸던가를 이제야 알 것 같다. 부모님께서는 생각한 것을 곧바로 실행해 옮기는 직선적인 분이셨다. 그 성격은 어머니가 나에게 준 큰 선물이었다. 그 덕에 언제 어디서나 부지런하다는 말을 들었고, 아끼는 습관 또한 저절로 길러졌으며, 매사 성실함으로 머무는 곳마다 인정받았다.

어릴 적 꿈을 이루지 못한 것이 한이 되었을까. 강단에서 일하는 선생님에 대한 꿈을 버리지 못하고 요즘도 계속 공부하고 있다. 그런데 내가 생각한 것처럼 쉬운 일은 아니다. 오랜 시간 준비해도 만만한 일은 아닌 것 같다. 철없던 어린 시절 꿈을 포기하고 싶지 않아 요즘도 계속 손에서 책을 놓지 않는다.

그동안 열심히 살았기에 이젠 물질적 결핍으로 인한 불편함은 없다. 평생 공무원 연금을 받기에 노후도 무난하다. 살면서 남을 멸시하지도 않았고, 가시 돋친 말로 남의 가슴에 못을 박지도 않았다. 나의 바람이 있다면, 내 자식들이 나처럼 저수지에서 분노에 돌을 던지면서 평생을 어렵게 살지 않았으면 좋겠다는 바람이다. 사실 당시에 터질듯한 가슴으로 돌을 던지지 않았다면 지금의 내가 있었겠는가.

지금은 이따금 내 속을 보일 수 있는 수필이라는 친구도 함께 동행한다. 나에게 글쓰기는 매사 건강을 지키는 보약이다. 건강이 허락하는 한, 어릴 적 꿈을 향한 노력은 계속될 것이다.

글을 쓸 때마다 느끼는 것이지만 오늘따라 유난히 가족을 위하여 헌신한 아내의 웅숭깊음이, 빈 들에 서서 바라다본 일몰에 잔광처럼 고운 빛으로 스며든다. 박봉의 경찰관 아내로서 생활하면서도 힘든 티를 전혀 내지 않은 아내에게 이 지면을 통하여 깊은 고마움을 전하면서 반추(反芻)의 시간을 마무리한다.

(그린에세이 59호 2023. 9-10.)

지금 우리는 잘 살고 있나?

노년의 시간은 더디고 고요하다. 휴일의 한낮은 더더욱 무료하다. 아내와 딸에게 외식하자고 부추겼다. 맛이 괜찮다고 셋이 의견 일치를 본 곳이 화덕피자 집이다.

아내와 딸은 외출준비를 마치고 현관문을 열고 나가서 기다리고 있는데, 나는 동작이 굼떠서 딸에게 한 소리를 듣는다. 길에서도 내 걸음은 느려 뒤처진다. 젊었을 땐 서로 보폭에 맞추어 잘 걷고 늘 손도 잡고 걸었는데 요즘은 아내의 뒷모습을 바라보고 가는 마음이 편안하다.

피자집에 도착하고 자동차에서 내린 아내와 딸이 잠깐 나를 기다리는 동작을 취한 듯하더니 이내 들어가 버린다. 그런 아내가 전혀 고깝지 않다. 피자가 나오기를 기다리면서 문득 '내가 늙어가고 있구나'라는 생각이 들었다. 아내와 나는 이렇듯 편하게 살아가고 있다.

그동안 아내와 사십여 년 세월을 살면서 사랑이었든, 미움이었든 이제 그런 건 상관없다. 내가 아내를 더 사랑했으면 어떻고, 아내의 미움이 더 컸다면 어쩌랴. 그걸 어떻게 따질 필요가 있나. 아내와 내가 여기까지 무탈하게 함께한 세월이 너무 소중하기에 요즘은 아내를 더 많이 기다려 주고 잘 살핀다. 그래야만 마음이 편안하다.

십여 년 전, 아내가 친구들과 유럽 여행 중에 발목이 골절되는 사고를 당했다. 그래서 한동안 계단을 오르내릴 때면 내가 부축해 줘야만 했다. 아마도 그땐 사랑하는 마음이 가득했었다. 그런데 지금은 그저 덤덤하다. 그동안 살아오면서 감정의 자잘한 구석까지 들여다보면 내가 부족한 점도 많았기에 아내에게는 나를 미워하는 마음이 생겼을 수도 있다. 그렇게 살다 보니 한때의 사랑은 아스라이 사라져 버렸고 미운 마음은 많아졌을 것이다.

화덕피자가 나왔다. 아내와 딸은 맛있다고 무척이나 잘 먹는다. 전에는 피자가 아들의 최애 음식이었지만, 오늘은 아내와 딸이 피자 맛에 감동했는지 만족한 표정이다. 아내는 피자가 맛있다면서 나더러 '맛이 어떠냐?'라고 물었다. 나는 대답하지 않았다. 아내는 내가 대답하지 않아도 그뿐이다. 굳이 내 대답이 필요한 건 아니었다. 매사가 그렇다. 나는 그게 섭섭하지도 않다. 서로 살면서 '매사가 그렇다'란 그저 무덤덤하거나 지나치게 건조하다는 의미는 아니다. 늘 서로 함께하기에 완전하게 신뢰하면서 살아간다는 의미다.

신혼 초, 부엌엔 구들장 밑으로 바퀴 달린 연탄을 깊이 밀어 넣어 방을 데우는 단칸방에서 생활했고, 음식을 만들 때는 석유풍로를 사용했다. 신혼 단꿈에 빠졌던 우리에게 단칸방은 지상에서 가장 따뜻한 보금자리였다. 그 따뜻한 보금자리에서 신의 선물인 아들이 태어났고, 늘 선물을 품에 안고 눈을 맞추며 생명의 신비를 뼛속까지 새기면서 간절하게 살았다. 한편으로는 무언가를 잔뜩 벼르면서 좀 더 이루고자 했던 옛날이 있었기에, 지금의 여유가 생겼고, 이젠 빨리 체념도 할 수 있는 나이가 되고 보니 어느 결에 흰머리도 늘어났다. 하지만 미래를 꿈꾸면서 늘 높은 곳에 오르기 위해 몸부림치며 살아온 지난날처럼 살지는 못한다. 지향하던 꿈은 이미 내 몸에서 사라진 지 오래되었다.

나는 지금의 삶이 좋다. 이제 뭘 더 이루지 않아도 된다. 부자는 아니지만 배고프지도 않다. 평생 꼬박꼬박 나오는 연금과 현재의 지갑 또한 얄팍하지 않다. 하지만 아내와 나는 성인병 두어 가지를 지니고 산다. 때가 되면 병원에 가고, 처방된 약을 핸드폰 알람에 맞춰놓고서 착실하게 챙긴다. 병이 더 생기지 않는다면 좋겠지만, 보이지 않는 병이 나타나도 이젠 어쩔 수 없다. 마음도 몸도 세월 따라 흐르는 것일 뿐이라고 생각하며, 그저 받아들인다.

내 마음대로 살 수 없는 것이 우리의 삶 아니던가. 혹 내가 이런 생각으로 산다고 마치 만사에 달관한 것같이 들릴까? 민망한 느낌도 없지 않다. 하지만 결코 그런 것은 절대 아니다.

또 하루가 저물어 간다. 유리창으로 번지는 저녁노을의 형상이 시시각각으로 변한다. 검붉기도 하며, 주홍으로 번지기도 하고, 핏빛으로 타오르기도 한다. 힘이 빠지는 허망한 빛의 유희, 그 아쉬움의 틈새에서 노년을 살아내고 있다.

살면서 그저 너그러운 어른이 되는 것 또한 간절한 바람이다. 어려운 일이겠지만, 욕심부리지 않고 마음을 비우면서 남아있는 날들을 평화로이 사는 것이 내게는 큰 소망이다.

오늘도 아내를 바라보며 하루를 마무리한다. 아내는 나를 보면서 살며시 웃는다. 이렇게 똑같은 마음으로 우린 서로 잘살고 있다.